Audrey Harings

Die Schlacht der Bücher

Dritte Auflage

Umschlaggestaltung, Illustrationen: Stefanie Ziermann
Korrektorat:
Nadia Zaic, Sabine Hartmann
Lektorat:
Petra Fiolka

Bibliografische Information der Deutschen Nationalbibliothek: Die Deutsche Nationalbibliothek verzeichnet diese Publikation in der Deutschen Nationalbibliografie; detaillierte bibliografische Daten sind im Internet über dnb.dnb.de abrufbar.

Herstellung und Verlag: AH Tales and Stories S.L.
ISBN 978-84-946673-6-7

Für alle, die an das Gute im

Menschen glauben.

„Das war ein Vorspiel nur, dort, wo man Bücher verbrennt, verbrennt man am Ende auch Menschen.“

Heinrich Heine, Almansor, Vers 243f.

Inhalt

Berlin

ANNA

JAKOB

BUCHHANDLUNG

SANDRA

HERR MÜLLER

Im Nichts
JAKOB &
ANNA
BIBLIOTHEK
HERR
MÜLLER

Kapitel 1

Ein sprechendes Buch

Jakob war glücklich. Er saß gemeinsam mit seiner Mutter Marie auf dem Sofa und schaute sich eine Dokumentation an. Er liebte diese Momente. Denn oftmals kam seine alleinerziehende Mutter spät von der Arbeit nach Hause und er musste sich das zuvor von ihr zubereitete Essen in der Mikrowelle aufwärmen.

Doch heute war es anders. Seine Mutter hatte versprochen, sich mit ihm eine Dokumentation anzusehen. Im Geschichtsunterricht nahmen sie gerade die Anfänge des nationalsozialistischen Regimes durch. Und da diese Dokumentation genau davon handelte, saßen die beiden bewaffnet mit Block und Bleistift vor dem Fernseher. Der

Bericht begann. Jakob notierte alle Informationen, die seiner Meinung nach wichtig waren. Der Sprecher nannte gerade ein Datum: 10. Mai 1933.

Jakob hielt inne, legte den Stift nieder und schaute gebannt auf den Bildschirm. Was er sah, schockierte ihn. Noch nie in seinem jungen Leben hatte er derartig Schreckliches gesehen. Eine große Menschenmenge stand um ein loderndes Feuer herum. Sie hatten Bücher in der Hand und warfen sie in die hungrigen Flammen.

„Mama, warum tun die das?"

Betroffen antwortete sie: „Weißt du, Jakob, der Inhalt dieser Bücher oder die Herkunft der Autoren gefiel dem damaligen Regime nicht. Es war ihnen lieber, die Menschen dumm zu halten und auf keinen Fall durfte gar die Fantasie angeregt werden. Weil die Autoren anders dachten, verbrannte man ihre Bücher."

„Das ist furchtbar", sagte Jakob, den die Szenerie so in Schrecken versetzt hatte, dass er sich keine Notizen mehr machen konnte.

„Ja, mein Junge, das ist es. Das waren die schwersten Zeiten Deutschlands. Und glaub mir, sie werden nie mehr wiederkehren. Denn wir lieben doch alle Bücher und deren Geschichten, unabhängig davon, aus welcher Feder sie stammen."

„Stimmt", sagte Jakob erleichtert.

„Aber allein die Vorstellung, ein Buch zu verbrennen, ist gruselig."

„Ich weiß, mein Junge", sagte die Mutter und nahm ihn in den Arm. Ihr Kind war sehr sensibel und sie fürchtete sich jetzt schon davor, mit welchen Themen Jakob noch konfrontiert werden würde.

Als er an diesem Abend zu Bett ging, griff er nach dem obersten Buch, das sich auf dem Bücherhaufen seines Nachttisches befand. Ausgerechnet Mathe!, dachte er. Trotzdem streichelte er fast zärtlich über den Buchrücken. Aufmerksam las er den Namen des Autors und unterstrich diesen mit seinen Fingern. Er fragte sich gerade, was passiert wäre, hätte man alle Mathebücher verbrannt. Ob man dann noch rechnen könnte? Und ob wir alle dumm wären, wenn dieser furchterregende Mensch den Krieg gewonnen hätte?

Er schüttelte den Kopf und blätterte die Seiten durch, als plötzlich eine Stimme ertönte. Jakob lauschte. Er traute seinen Ohren nicht. Doch die Stimme kam genau aus diesem Buch.

Einschmeichelnd flüsterte sie: „Willst du all die vergessenen Geschichten neu erfinden? Dann komm, komm zu uns …"

Jakob klappte das Buch schnell wieder zu. Er war wie erstarrt. Er setzte sich im Bett auf, lehnte sich gegen die Rückwand, fühlte kalten Schweiß auf seiner Stirn.

Auf Zehenspitzen ging er in die Küche, öffnete die Kühlschranktür und trank ein Glas kalte Milch. Ich muss Fieber haben, dachte er sich. Diese Dokumentation hat mich vollkommen aus dem Gleichgewicht gebracht. Schlaftrunken ging er zurück in sein Bett und schlief prompt ein. Er träumte verrückte Dinge von Büchern, die sprechen konnten und von Feuer.

Als seine Mutter ihn am nächsten Morgen weckte, war er noch ganz verstört.

„Ist dir nicht gut?"

„Doch Mama, alles im grünem Bereich."

Die Mutter schien zu ahnen, dass die Dokumentation ihren dreizehnjährigen Sohn durcheinandergebracht hatte. Ob sie mit dem Geschichtslehrer darüber sprechen sollte? Aber sie wusste, dass sie Jakob nicht immer von der Wirklichkeit fernhalten konnte.

Als Jakob frisch gestylt in der Küche erschien, presste seine Mutter ihm gerade eine Orange aus. Den Saft stellte sie neben sein Marmeladenbrot, nach dem er sofort griff und hungrig hineinbiss. Sie wartete, bis er mit dem Frühstück fertig war und sagte: „Jakob, mein Junge, heute habe ich eine Sonderschicht. Du weißt, im Krankenhaus sind viele ausgefallen und es ist Urlaubszeit."

„In Ordnung", sagte Jakob, „noch

eine Woche, dann beginnen die großen Ferien."

„Freust du dich schon?"

„Und wie!"

„Ich mich auch", sagte die Mutter und umarmte ihren Jungen. „Wir werden großartige Ferien haben."

Sie hatten beschlossen, zu einem Campingplatz am Bodensee zu fahren. Jakob hatte alles über den Bodensee recherchiert, wusste, wie groß, wie tief und dass er von drei Ländern umgeben war. Außerdem sollte es dort ein Dorf geben, das auf Pfählen gebaut worden war. Das Dorf diente heute als Museum. All dies faszinierte ihn. Er freute sich auf den gemeinsamen Urlaub.

Hastig trank er den Orangensaft aus, stellte das schmutzige Geschirr in die Spüle und verabschiedete sich stürmisch von seiner Mama. „Dann … na ja, bis morgen. Kommst du noch in mein Zimmer, wenn du von der Schicht zurück bist?“

„Natürlich, mein Junge“, lachte die Mutter. „Dein Essen werde ich dir vorbereiten und es in die Mikrowelle stellen. Du musst sie dann nur einschalten.“

„Danke, Mama.“

„Tschüss, Jakob und einen schönen Tag in der Schule“, sagte die Mutter schweren Herzens. Es tat ihr leid, dass sie ihren Sohn alleine erziehen musste. Doch nach dem unerwarteten Verkehrsunfall ihres Mannes blieb ihr nichts anderes übrig. Ihr Mann war noch jung gewesen, hatte gerade erst sein Medizinstudium beendet, als er mit seinem Auto verunglückte. Er war nicht schuld, sondern ein Geisterfahrer, aber das tröstete Marie nicht. Jakob war damals erst ein Jahr alt. Niemand konnte diese schmerzende Lücke füllen.

Ganz alleine mit dem Kind blieb ihr nichts anderes übrig, als ihr Medizinstudium abzubrechen. Seither arbeitete sie in ihrem eigentlichen Beruf als Krankenschwester. Natürlich reichte das Geld vorne und hinten nicht. Deswegen machte sie oft Doppelschichten, damit sie die Sonderausgaben, wie zum Beispiel den kommenden Urlaub, finanzieren konnte. Es war nicht einfach, doch sie wollte sich nicht beklagen. Sie war froh, dass sie Jakob hatte. Ihr Sohn war der einzige Grund, warum sie so hart arbeitete.

Im Geschichtsunterricht schaute Jakob auf seine Notizen, die er sich tags zuvor über den Dokumentationsfilm gemacht hatte.

Erstaunt stellte er fest, dass sie nicht so umfangreich waren, wie sie eigentlich hätten sein sollen. Er schielte auf das Blatt seiner Tischnachbarin Anna.

Sie war seine beste Freundin. Sie war das, was man eine Streberin nannte. Sie wusste alles besser als er und korrigierte ihn bei jeder sich bietenden Gelegenheit. Doch er hatte sie trotzdem liebgewonnen. Genau wie er lebte Anna auch nur mit einem Elternteil. Ihre Mutter war schon bei Annas Geburt gestorben, so blieb ihr nur der Vater.

Mitten in ihrem Gesicht prangte eine dicke rote Brille. Ihre Augen schienen größer als sie wirklich waren und hatten diesen wissbegierigen Ausdruck.

Annas Notizen erstreckten sich über mehrere Seiten.

Als sie Jakobs Notizen über die exakt gleiche Dokumentation sah, fragte sie sich, ob Jakob wieder mal geträumt hatte.

„Jakob, die Dokumentation hat über neunzig Minuten gedauert“, flüsterte sie, „und du hast nur diese paar Zeilen geschrieben?“

„Psst, erzähl ich dir später“, erwiderte Jakob.

Nachdem es zur großen Pause geläutet hatte, berichtete er Anna, was sich zugetragen hatte.

„Hmm, dein Mathebuch also … hast du es hier?“, fragte sie in einer Stimmlage, die ihm nicht gefiel. Sie hatte wieder diesen besserwisserischen Unterton.

„Nein, wir haben doch heute keinen Matheunterricht. Ich habe es natürlich zu Hause. Ich schleppe keine Bücher mit, die wir nicht brauchen. Der Rucksack ist ohnehin schwer genug.“

„Tzz“, schnalzte Anna, „ich habe selbstverständlich immer alle Bücher dabei.“

Das Bild von Annas Rucksack und ihrer gebeugten Haltung drängte sich ihm auf und er sagte: „Stimmt, aber das macht keinen Sinn. Ich beschränke mich auf das Wesentliche.“

„Ahh, auf das Wesentliche. So wie bei deinen Notizen. Und wieso kam die Stimme eigentlich aus dem Mathebuch?“

„Ich konnte mich nicht mehr konzentrieren. Als ich sah, wie sie die Bücher verbrannten, da wurde mir ziemlich schlecht. Und deswegen habe ich mir das erstbeste Buch angeschaut, als ich im Bett lag. Nun ja … und das war rein zufällig das Mathebuch.“

„Ja“, sagte Anna, „mir wurde bei der Buchverbrennung auch ganz anders.“ Ihre Stimme klang fast mitleidig. „Es war furchtbar.

Du hast mich neugierig gemacht. Also, wenn du dein Buch nicht hier hast, dann komme ich nach der Schule mit zu dir."

„Gut, meine Mutter ist zwar nicht da, aber wie ich sie kenne, hat sie bestimmt wieder soviel Essen gemacht, dass wir es uns teilen können", freute sich Jakob.

„Toll, mein Vater ist auch nicht zu Hause. Also wird er mich nicht vermissen."

So teilten die beiden das gleiche Schicksal. Oftmals hatten sie sich ausgemalt, wie es wäre, wenn ihre jeweiligen Elternteile zusammenfinden würden. Doch offensichtlich hatte weder Jakobs Mutter Marie noch Annas Vater Karl Interesse an dem jeweils anderen. Die Kinder fanden das sehr schade. Doch es gab Dinge im Leben, die musste man einfach so hinnehmen.

Als an diesem Tag die große Glocke der Schule läutete und damit das Ende des Unterrichts verkündete, gingen Anna und Jakob gemeinsam aus dem Klassenzimmer. Einträchtig liefen sie nebeneinander her. Jakob hatte seinen Rucksack nur über eine Schulter gehängt, während Anna mit dem Rucksack auf beiden Schultern leicht nach vorne gebeugt ging, denn die Last ihres Rucksackes war erheblich schwerer. Jakob musste lachen.

„Du gehst fast wie eine Schildkröte", sagte er.

„Und du? Du meinst es ist cool, den Rucksack nur über eine Seite der Schulter zu hängen. Wusstest du, dass du dir deine Wirbelsäule beschädigen kannst?"

„Ja, weiß ich. Nennt man Skoliose. Hat mir meine Mutter schon gesagt."

„So, du weißt es also? Und warum trägst du ihn dann trotzdem nur auf einer Seite?"

Jakob grinste und entblößte seine perfekte Zahnreihe. „Weil es cool ist", antwortete er mit einem herausfordernden Augenaufschlag und sah Anna an.

„Cool? Es ist nicht cool, wenn man eine verkrümmte Wirbelsäule hat", sagte Anna und ging ein wenig schneller. Jakob rannte ihr hinterher.

„Ach komm, wir tauschen. Nimm du meinen, ich nehme deinen."

„Ehrlich?", fragte Anna.

„Klar."

Sie nahm ihren grünen, verschlissenen Rucksack ab und nahm den orangefarbenen von Jakob. Er ist tatsächlich leichter, dachte sie. Vielleicht werde ich ab morgen nur die Bücher mitnehmen, die wir wirklich benötigen. Sie ließ sich das den ganzen Weg lang durch den Kopf gehen.

Jakob lächelte. Anna ging deutlich gerader als zuvor und er war derjenige, der seinen Rücken etwas mehr krümmte und einer Schildkröte ähnelte. Er bemühte sich, gerade zu gehen, denn er wollte sich vor seiner Freundin keine Blöße geben.

Als sie bei ihm zu Hause ankamen, öffnete er die Mikrowelle.

„Wow, schau mal."

„Lecker. Frikadellen mit Kartoffelpüree und Möhren. Das mag ich gerne."

Jakob stellte den Schalter der Mikrowelle auf vier Minuten. Während Anna, die sich in Jakobs Zuhause bestens auskannte, zwei Teller bereitstellte und den Tisch deckte.

„Solange die Mikro läuft, kannst du mir das Buch zeigen!“

„Komm mit.“ Jakob führte Anna in sein Zimmer. Ehrfürchtig nahm er das Buch. Er strich wieder mit den Fingern unter dem Namen des Autors entlang.

„Von außen ist es wie meins.“

Anna nahm ihr Buch hervor und verglich es mit dem von Jakob.

„Also, an welcher Stelle war es?“

„Oh, das habe ich mir nicht gemerkt“, sagte Jakob. „Ich blätterte es durch und war in Gedanken. Ich dachte darüber nach, ob wir die Mathematik auch verstehen würden, wenn es dieses Buch nicht gäbe.“

„Hmm“, sagte Anna und nahm Jakob das Buch aus der Hand. Sie klappte es auf und begann Seite für Seite umzublättern. Plötzlich hielt sie inne. Jakob beobachtete sie. Anna hielt den Kopf etwas schräg. Sie sah fast aus wie die kleinen Vögelchen, die Spatzen, die oft auf Jakobs Fensterbrett kamen und den Kopf so drehten, als ob sie seiner Stimme lauschen würden. Genauso sah Anna jetzt aus. Im Hintergrund hörte er das gleichmäßige Surren der noch laufenden Mikrowelle. Er fragte sich, wann das Essen fertig wäre.

Er wollte schon loslaufen, doch plötzlich umgab Anna ein heller Schein. Das goldene Licht kam mitten aus dem Buch und leuchtete Annas Gesicht aus. Seine Freundin begann regelrecht in dem Buch zu verschwinden. Sie tauchte ein! Jakob griff schnell nach Annas Fuß und so verschwanden beide in den Seiten des Mathematikbuches.

Kapitel 2

Der pedantische Herr Müller

Kritisch prüfte Herr Müller sein Spiegelbild. Er zog dabei die rechte Lippe nach oben. Mit seinem Zeigefinger kratzte er sich an den Zähnen und ging mit dem Gesicht immer näher zum Spiegel. Dasselbe machte er mit der linken Seite. Auch hier überprüfte er die Sauberkeit seiner Zähne. Er griff zur Zahnseide und säuberte die Zwischenräume noch gründlicher. Mit der unteren Reihe war Herr Müller zufrieden. Ordentlich verstaute er die Zahnseide, entsorgte das angebrochene Stück in den Papiermüll und ging gut gelaunt zu seinem Kleiderschrank.

Als er diesen öffnete, stand er vor zwei Reihen Anzügen. Oben hingen die Jacken und auf der unteren Kleiderstange die Hosen. Alle Anzüge sahen identisch aus – grau in grau.

Herr Müller tat sich schwer mit der Auswahl und griff nach langem Zögern zur dritten Jacke von links und auch zur dritten Hose von links. Unzufrieden begutachtete er die beiden Teile und legte sie prüfend auf das Bett. Für den Fall, dass sich hier oder dort ein ungeliebter Staubkrümel niedergelassen hätte, holte er aus der Kommode eine Fusselrolle. Ganz vorsichtig hob er mit der linken Hand die Anzugjacke hoch, um gleichzeitig mit der rechten Hand die imaginären Staubpartikel mit der selbstklebenden Fusselrolle zu entfernen. Herr Müller war sehr gründlich. Er wiederholte die Prozedur bei der Hose. Auch dort wo keine sichtbaren Fusseln waren, kam die Bürste zum Einsatz. Als er damit fertig war, entfernte er gewissenhaft das benutzte

Papier der Fusselrolle, warf es in den Mülleimer, verstaute die Bürste wieder ordentlich an ihrem Platz und schloss leise die Schublade der Kommode.

Nachdem er sich angekleidet hatte, warf er einen prüfenden Blick in den Spiegel. Er war zufrieden und ging aus dem Schlafzimmer hinaus. Die Absätze seiner blank polierten schwarzen Schuhe klapperten auf dem Parkettboden. Dieses Geräusch empfand er als störend und er überlegte sich, ob er endlich die Ausgabe für einen Teppich tätigen sollte.

Sobald er in die Küche trat, schaute seine Frau Kim gelangweilt von ihrem Roman auf und erklärte ihm, dass das Frühstück schon bereit stehe. Herr Müller blickte auf sie herab und erklärte ihr, dass er spät dran sei und heute nicht mehr frühstücken würde.

Seine Frau nahm dies mit einem Schulterzucken zur Kenntnis und vertiefte sich wieder in ihren Roman. Herr Müller schüttelte den Kopf. Er mochte es nicht, wenn seine Frau diese Liebesromane las. Sie verschlang einen nach dem anderen. Und seine Tochter Jara kam ganz nach ihrer Mutter.

Er machte sich auf den Weg zur U-Bahn, so wie jeden Tag. Das einzige Auto, das die Familie Müller besaß, benutzte seine Frau, denn sie arbeitete sehr viel weiter weg und außerdem übernahm sie die Fahrdienste für die gemeinsame Tochter Jara. Seine Arbeitsstelle lag genau drei U-Bahn-Stationen entfernt und er konnte den Weg zur U-Bahn in gut fünf Minuten gehen.

Er hatte Glück. Genau als er ankam,

fuhr die U-Bahn gerade in den Bahnhof ein. Er stellte sich in die Schlange, wartete bis die automatischen Türen der Bahn sich öffneten. Er betrachtete seine Schuhe. Als sich die anderen in Gang setzten, folgte er ihnen.

Herr Müller benutzte täglich denselben Platz. Doch heute stimmte etwas nicht. Sein Platz war besetzt. Zwar gab es noch einige andere freie Plätze, doch Herr Müller wollte genau diesen haben. Also stellte er sich in eine freie Nische neben den diesmal besetzten Sitzplatz. Heimlich beobachtete er den Menschen, der es gewagt hatte, sich auf seinen Platz zu setzen. Ein Junge. Ein Schüler. Turnschuhe – und mit großem Entsetzen stellte er fest, dass der Junge sich seine Turnschuhe nicht richtig zugebunden hatte. Am linken Turnschuh war das obere Loch frei. In Herrn Müller tobten tausend Kriege. Er wusste nicht, ob er den Jungen darauf ansprechen sollte. Oder ob die Jugend von heute das so handhabte – es könnte durchaus sein, dass es Mode wäre – wunderte er sich. Wie konnte der Junge damit umgehen, seinen Turnschuh nicht richtig zugebunden zu haben?

Sein Interesse war geweckt. Er schaute sich den jungen Mann genauer an. Er war ungekämmt, weder Seiten- noch Mittelscheitel waren erkennbar. Es schien so, als hätte er sich heute Morgen zu Hause nicht einmal die Haare gewaschen. Wenn er sich dort nicht gewaschen hatte, ob er sich dann überhaupt wusch? Herr Müller ging einen Schritt zurück, um den jungen Mann besser in Augenschein nehmen zu können. Denn er fand ihn ganz interessant, so konnte er Parallelen zu seiner Tochter Jara ziehen, denn diese kleidete sich auch nicht gerade nach seinem Geschmack. Gut, der Junge hatte ein T-Shirt an. Es schien nicht gebügelt zu sein. Irgendeine Comicfigur prangte darauf. Ein Fuchs vielleicht – es könnte aber auch ein Hund sein. Herr Müller war sich nicht sicher. Der junge Mann trug eine Jeans, die zumindest nicht zerrissen war wie bei manch anderen Jugendlichen. Das beruhigte ihn und sein Herz schlug wieder gleichmäßig.

Doch dann sah er die Fingernägel – und die waren abgekaut! Das spricht für eine labile Persönlichkeit. Herr Müller fragte sich gerade, wie er diesen Sitz noch einmal unbefangen benutzen könnte, ohne ständig an diesen jungen Mann denken zu müssen.

Als die U-Bahn langsamer fuhr und der junge Mann aufstand, um an der nächsten Station auszusteigen, zögerte Herr Müller einen Moment, doch dann setzte er sich gemächlich auf den Sitz. Er dachte an seine Arbeitsstelle – an das, was ihn heute wohl erwartete. Er hoffte, dass nicht noch mehr Arbeit dazugekommen wäre, denn er mochte keine Überraschungen. Unerwartete Dinge gehörten nicht zu seinem Naturell.

Herr Müller war Übersetzer. Er übersetzte Betriebshandbücher. Das war eine sehr ernst zu nehmende Arbeit. Und wenn es nach Herrn Müller ginge, dann wäre das die einzige Literatur, die es zu lesen geben würde – Betriebshandbücher. Jeder brauchte sie. Seine Arbeit war wichtig, wichtiger als alles andere.

Als die U-Bahn in seiner Station anhielt, stand Herr Müller an der automatischen Tür und wartete, bis sich diese öffnete. Dabei sah er auf seine blank polierten Schuhe hinab. Es fiel ihm schwer, den Impuls zu unterdrücken, diese nicht mit einem Taschentuch zu säubern. Er fuhr mit der Rolltreppe nach oben und vermied es, dabei den Handlauf zu berühren. Zu viele Bakterien, dachte er.

Er nahm den direkten Weg zu seiner Arbeitsstelle, grüßte seine Kollegen mit einem Kopfnicken und ging schnurstracks zu seinem Schreibtisch.

Herr Müller arbeitete in einem Großraumbüro, welches nur durch halbhohe Wände unterteilt war. Das störte ihn. Dies war ein Umstand, den er nicht ändern konnte und so akzeptieren musste. Er schaute auf seinen Schreibtisch. Drei gespitzte Bleistifte lagen parallel nebeneinander. Er nahm einen nach dem anderen zwischen seine Finger und prüfte die Spitzen. Den letzten der drei Bleistifte spitzte er in seinem automatischen Spitzer nach. Ein leises Brummen ertönte beim Betätigen des Anspitzers. Nachdem er den Bleistift wieder herausgenommen hatte, prüfte er die Spitze mit seinem Zeigefinger und legte ihn zufrieden und parallel neben die anderen beiden.

Er zog seinen Schreibtischstuhl hervor und untersuchte diesen auf eventuelle Staubpartikel. Da er nichts dergleichen fand, setzte er sich hin und rollte mit dem Bürostuhl nahe an seinen Schreibtisch heran. Er betätigte den Schalter für seinen Computer. Das leise Surren, welches durch das Hochfahren ertönte, beruhigte Herrn Müller jedes Mal aufs Neue. Denn dies bedeutete, dass jetzt seine eigentliche Arbeit begann. Nachdem der Anmeldebildschirm sich angekündigt, er sein Passwort eingegeben und die Enter-Taste gedrückt hatte, lehnte er sich in seinem leicht nach hinten wippenden Bürostuhl zurück und betrachtete den Bildschirm.

Er war der Einzige im Büro, der keinen Bildschirmschoner benutzte. Er mochte diese Art von Ablenkungen nicht. Gerade drehte er sich zu seinem Arbeitsstapel und schlug die erste Seite auf: ein Betriebshandbuch für eine Kaffeemaschine, einen Vollautomaten.

Sehr interessant, dachte Herr Müller und sah sich die Zeichnungen an. Genau in diesem Moment kam Doris um die Ecke. Sie war die Sekretärin des Chefs und sie trug zwei Stapel mit Papieren unter ihren Armen. Herr Müller hoffte, dass der Kelch an ihm vorbei und sie an einen anderen Schreibtisch gehen würde. Doch heute hatte er kein Glück.

„Uff", sagte Doris, als sie vor seinem

Schreibtisch stand. „Diese beiden Stapel sind für Sie.“

Herr Müller blickte Doris an. Sie hatte jeden Tag eine kunstvolle Frisur. Sie traf zwar nicht seinen Geschmack, doch es war eine Art der Pflege und Doris war durchaus sehr gepflegt. Heute trug sie das Haar nach oben geschlagen wie den Schiefen Turm von Pisa.

„Bis wann muss es fertig sein?“, fragte Herr Müller.

„Am besten gestern. Sie kennen doch den Chef“, erwiderte Doris.

„Ich werde sehen, was sich machen lässt. Ich habe hier noch die Kaffeemaschine.“

„Ach ja, die Kaffeemaschine. Also, sagen wir bis morgen?“

„Ja, natürlich“, bestätigte Herr Müller und schluckte beim Anblick der beiden Stapel. Doris entfernte sich und Herr

Müller setzte seine Arbeit fort. Bei der fünften Abbildung ließ ihn etwas innehalten, es ertönte eine Stimme:

„Nur Betriebshandbücher sind die einzig wahre Literatur, findest du nicht? Möchtest du nicht all diese unnützen Geschichten verdammen?“, fragte ihn die unbekannte Stimme, welche die Frechheit besaß, ihn in unerhörter Weise zu duzen. Herr Müller stand auf. Er sah über die halbhohen Wände hinweg, denn er befürchtete, dass sich einer der Kollegen einen Streich mit ihm erlaubte. Das passierte mitunter. Manchmal legten sie ihm Krümel auf seinen Stuhl oder verrückten seine Bleistifte. Doch einen solchen Streich hatte sich noch keiner erlaubt. Um ihn herum arbeiteten alle. Herr Müller drehte sich um und ging an den einzelnen Schreibtischen vorbei. Er täuschte vor, sich für die Arbeit der anderen zu interessieren, was er jedoch in Wirklichkeit nicht tat.

Er drehte seine Runde, ging zurück zu seinem Platz und setzte sich. Fast dachte er, dass er sich das Ganze eingebildet hatte, als er wieder zu seiner Abbildung fünf ging und erneut diese Stimme ertönte. Sie kam eindeutig aus dem Betriebshandbuch!

„Ja, du willst es wissen!“, ertönte die Stimme. „Vernichte diese unnütze Literatur und fülle Regal um Regal mit Betriebshandbüchern!“

Herr Müller spürte, wie ein Strahl sein Gesicht erfasste. Dieser Strahl blendete ihn, doch er fühlte sich magisch angezogen. Es gab ein leises ‚Plopp‘ und Herr Müller befand sich mitten im Nichts.

Kapitel 3

Im Nichts

Es war ein komisches Gefühl, von einem Buch verschlungen zu werden und noch dazu von einem Mathematikbuch! Es fühlte sich an, wie von einem Vakuum angesaugt zu werden. Es erinnerte ihn daran, wie er beim Staubsaugen aus Spaß einmal seine Haare aufsaugen wollte. So ähnlich war es jetzt, nur mit dem Unterschied, dass damals seine Haare am Kopf geblieben waren. Außerdem machte es diesmal ein komisches Geräusch wie ein ‚Plopp'. So als würde man den Korken von einer Sektflasche entfernen. ‚Plopp' und Anna und Jakob waren umgeben von – nichts! Sie schauten sich um. Als sie an sich herabsahen, entwich Anna ein Schrei: „Ich – oh mein Gott!"

Jakob sprach das Unfassbare aus: „Du, du, du bist eine zusammengefaltete Papierfigur!“

„Du auch.“

„Und das nennt man Origami.“

„Ori … was? Ich glaube, wir sind hier mitten im Buch, und vielleicht sind wir so etwas wie Seiten. – Habe ich irgendwelche Zeichen auf mir?“, fragte sie, breitete ihre Papierärmchen aus und drehte sich vor Jakob.

Dieser sagte: „Nein, du bist ganz leer.“

„Du auch“, sagte Anna mit weinerlicher Stimme. „Was sollen wir jetzt tun?“

„Ich weiß es nicht.“

„Warum bist du überhaupt in das Buch gegangen?“, fragte Jakob und Vorwurf klang in seiner Stimme.

„Ich? Das Buch hat mich gerufen und gebeten, die Geschichten wieder zu den Kindern zu bringen. Dabei bemerkte ich gar nicht, dass ich – in das Buch eintauche. Und warum bist du überhaupt mitgekommen? Du könntest jetzt wirklich draußen sein“, sagte Anna. Ihre Stimme hatte einen Klang, der Jakob nicht gefiel.

„Wieso sagst du das?“

„Tja, wenn du draußen wärst, könntest du mich bestimmt wieder zurückholen und ich müsste jetzt nicht hier als Origamo verweilen!“

„Origami ist das richtige Wort“, korrigierte Jakob sie.

„Wie auch immer!“

Zum ersten Mal fiel Jakob auf, dass seine Freundin Anna einen Fehler machte. Sie war sonst wirklich, was die Aussprache anbelangte, fehlerfrei. Eigentlich erlaubte sich nur Jakob diese Fehler, oftmals einfach um Anna zu ärgern.

Aber diesmal war ihm danach nicht zumute. Denn auch er wusste nicht, was sie hier in diesem Raum im Nichts tun sollten. Doch plötzlich bemerkten sie Blätter. Unbeschriebene Seiten.

„Schau mal Jakob, die waren vorher noch nicht da. Wo kommen die her?“ Sie blickte sich um. Doch sie entdeckte nichts, außer diesen Seiten. „Da steht nichts drauf“, stellte sie fest.

„Hmm.“

Resigniert begann sie zu weinen und sie sagte: „Wenn es wenigstens Linsen geben würde. Du weißt, ich hasse Linsen, aber ich habe solchen Hunger.“ Sie weinte bitterlich. Ihre Tränen waren keine gewöhnlichen aus einer salzigen Flüssigkeit, nein! Ihre Tränen regneten wie Konfetti aus ihrem Gesicht. Es war unglaublich. Plötzlich mischte sich etwas in den Konfettiregen. Es war klein und braun und gab leise Geräusche von sich, wenn es auf den eigentlich nicht vorhandenen Boden fiel. Es musste einen Boden geben, denn schließlich standen sie. Also waren sie in einem Raum.

„Anna“, sagte Jakob, „das sind Linsen.“

Anna sah bestürzt zu Boden, nahm eine Linse und steckte sie in ihren Papiermund.

„Du hast recht“, sagte sie „Linsen! Wir haben Essen.“

Sie und Jakob aßen die rohen Linsen und wurden ruhiger.

„Ich habe etwas festgestellt“, sagte Jakob. „Dies hier ist ein Raum.“

„Dies hier ist nichts“, sagte Anna.

„Doch, doch – ich dachte auch erst, dass hier nichts ist. Wir stehen, wir fliegen nicht. Also sind wir in einem geschlossenen Raum.“

„Nicht unbedingt“, erwiderte Anna.

„Es kann auch ein anderes Universum sein. Mit anderen Gesetzen. Vielleicht muss man keinen Boden unter den Füßen haben, um sich bewegen zu können und nicht zu fallen. Das könnte etwas mit der Schwerkraft zu tun haben."

„Da könntest du recht haben", räumte Jakob ein.

„Ich denke, wir können uns Wünsche erfüllen", sagte Anna. „Ich habe mir Linsen gewünscht – und es regnete Linsen."

„Dann wünsche ich mir ein Eis, ein Zitroneneis, so lecker, sauer und kalt."

In diesem Moment waberte aus dem Boden eine blubbernde Masse.

„Eis!", rief Anna.

Doch als sie ihre Papierfüßchen hineinstellte, begannen diese aufzuweichen. Sie wich zurück und auch Jakob, der sich eigentlich gerade auf diese

Eispfütze stürzen wollte, lief zurück.

„Hinfort mit dir, Eis! Weg mit dir!“, rief er.

So schnell die Pfütze aus dem eigentlich nicht vorhandenen Boden geströmt war, versiegte sie wieder. Zurück blieb das Nichts.

„Wir müssen aufpassen, was wir uns wünschen“, sagte Anna. „Wir sind aus Papier. Papier und Eis vertragen sich nicht.“

„Da hast du recht“, sagte Jakob.

„Weißt du, was das bedeutet?“

„Klar“, erwiderte Anna. „Wir können uns unsere eigene Welt erschaffen.“

Die beiden vergaßen ihre Sorgen und lachten. Da ertönte plötzlich eine Stimme. Es war die Stimme, die Jakob einen Tag zuvor vernommen hatte und dieselbe, die auch Anna gehört hatte, als sie das Buch aufschlug. Diese Stimme sprach nun zu den beiden und sagte:

„Ihr seid nicht hier, um euch ein neues Leben zu erdenken. Ihr seid hier, um Geschichten zu schreiben und zu den Kindern zu bringen. Schreibt sie auf und bringt sie in die Geheime Bibliothek! Von dort gelangen sie zu euch Menschen und werden Buchhandlungen füllen und die Kinderherzen erwärmen."

Jakob und Anna schauten sich an.

„Aber wie?", fragte Jakob.

„Das wisst ihr schon", sagte die Stimme. „Fangt an!"

Die beiden warteten darauf, dass die Stimme weitersprach. Doch das tat sie nicht. Es blieb still und es regnete neue Blätter herab. Blätter, so weiß wie der Schnee. Seiten aus noch ungeschriebenen Büchern. Auf Jakobs Gesicht erstrahlte ein Lächeln und auch Anna lächelte. Sie wussten, was sie zu tun hatten.

„Jakob erinnerst du dich noch an die Dokumentation?"

„Die Bücherverbrennung."

„Genau. Es war vor dem Zweiten Weltkrieg, 1933, wenn ich mich richtig erinnere. Wer waren nochmal die Autoren?"

„Moment, das weiß ich noch", erwiderte Jakob. „Die haben unter anderem Heinrich Mann, Ernst Gläser und Erich Kästner genannt."

„Und das, was danach kam, war furchtbar", führte Anna die Gedanken Jakobs fort. „Sie sagten: ‚Gegen Dekadenz und moralischen Zerfall. Für Zucht und Sitte in Familie und Staat. Ich übergebe der Flamme die Schriften von …' und dann wurde der unglückliche Autor genannt, der Gebrandmarkte, der von nun an auf der Schwarzen Liste stand."

„Verstehst du jetzt, dass ich mir keine

weiteren Notizen machen konnte?"

„Natürlich", antwortete Anna, „Erich Kästner hat viele Kinderbücher geschrieben."

„Welche denn?", fragte Jakob.

„Hmm, lass mich überlegen – also, – Emil und die Detektive, – Pünktchen und Anton, – und – Das fliegende Klassenzimmer."

„Genau, ich erinnere mich", sagte Jakob.

„Er war auf der Schwarzen Liste, aber Emil nicht. Sie sagten ‚Kästner, alles außer: Emil'. Also haben sie alle Bücher verbrannt, bis auf ‚Emil und die Detektive'."

„Stimmt, wahrscheinlich war es zu der Zeit noch nicht so populär", erwiderte Anna.

„Kennst du die Geschichten?", fragte Jakob interessiert.

„Also … ja klar. ‚Emil und die Detektive‘ kenne ich. Wurde ja verfilmt, in Berlin.“

„Stimmt, ich habe den Film gesehen.“

„Und ‚Das fliegende Klassenzimmer‘?“

„Nein, kenne ich nicht, aber wir können die Geschichten neu erfinden.“

„Super, das ist eine gute Idee. Ich glaube, das ist genau das, was die Stimme von uns erwartet.“

„Da hast du sicher recht“, erwiderte Jakob. Es kribbelte ihn in seinen kleinen Papierfingern. Gemeinsam setzten sie sich auf den eigentlich nicht vorhandenen Boden und heckten einen Plan aus.

Kapitel 4
BUCHHANDLUNG
JEDES BUCH
HAT
SEINEN PLATZ!
VORLESUNG

Die Buchhandlung

Im Herzen Berlins gab es diese Buchhandlung. Sie war unauffällig und reihte sich an die anderen Geschäfte der Straße. Sah man jedoch genauer hin, dann hob sich dieses kleine Geschäft von seinen Nachbarn ab. Was war anders? Da war die bunte Farbe – ohne kitschig zu wirken. Das Haus war hellgelb. Die beiden Fenster waren mit grüner Farbe umrandet. Ein nostalgisches Schild, auf welchem ‚Buchhandlung' stand, hing über der grünen Eingangstür. Hier arbeitete Sandra. Ihr gehörte die Buchhandlung, welche sie von ihrer Tante übernommen hatte. Nachdem ihre Tante gestorben war und Sandra gerade ihr Betriebswirtschaftsstudium abgeschlossen hatte, eröffnete sie die

kleine Buchhandlung mit neuen Ideen.
Jedes Buch hat seinen Platz! Das war Sandras Leitspruch. Dieser Spruch prangte überall in der Buchhandlung.

Heute waren viele Lieferungen gekommen und Sandra freute sich schon darauf, die Bücher auszupacken. Nachdem sie den Karton sachte geöffnet hatte, betrachtete sie das Cover. Wie schön, ein Abenteuerroman für Kinder. Wunderschön. Sie legte sich ein Buch zur Seite, denn jedes Buch, das sie verkaufte, las sie vorher selber. Und das waren sehr viele Bücher, tausende von Büchern. Sandra wusste über jedes einzelne Buch Bescheid. Sie verstaute die Kiste und stellte die Bücher liebevoll in ein Regal. Während alle Bücher Rücken an Rücken nebeneinander standen, zog sie von jedem Titel eins hervor und stellte es vor die anderen, so dass der interessierte Leser das Cover betrachten konnte. Das war eine ihrer Stärken. Sie mochte es nicht, wenn die Kunden sich am Buchrücken orientieren und ihren Kopf verdrehen mussten, nur um den Buchtitel zu lesen. Nein, Sandra war der Meinung, dass der Leser von dem Cover angezogen wurde und das Buch sich seinen Leser aussuchte. Denn jedes Buch hatte seinen Platz!

Als sie die nächste Kiste öffnete, fand sie Kochbücher. Auch hier legte Sandra eines zur Seite und wiederholte das Prozedere. Das letzte Buch stellte sie wieder vor die anderen. Beim Anblick des Covers bemerkte Sandra, dass sie noch gar nichts gegessen hatte. Es war schon spät, doch das Mittagessen fiel heute aus. Es war einfach zu viel los.

Ihre Buchhandlung war beliebt. Hier fanden Lesungen von bekannten und weniger bekannten Autoren statt. Besonders bei den Kindern war die Buchhandlung bekannt. Einmal im Monat gab es hier eine Lesenacht. Dann konnten Kinder dort übernachten mit Schlafsäcken in Zelten und nachts heimlich lesen. Und wer weiß, vielleicht erwachte dann die Buchhandlung zum Leben.

Diese und viele andere Events hatte Sandra in den vergangenen Jahren organisiert und durchgeführt. Sie ging mit der Zeit, doch in ihrer Buchhandlung schien es fast so, als wäre die Zeit stehen geblieben. Genau das war es, was Sandras Laden ausmachte. Nachdem der letzte Karton ausgepackt war, räumte Sandra, sichtlich mit sich zufrieden, die Pakete weg, ließ ihren Blick über die Regale ihrer Buchhandlung streifen, nahm sich die beiden zurückgelegten Bücher, löschte das Licht, öffnete die Tür zur Straße und atmete die Luft der Großstadt ein. Sorgsam verschloss sie die Tür und ging den direkten Weg nach Hause.

Ihr Appartement lag nur wenige Straßen von ihrem Laden entfernt. Sandra stieg die vier Etagen zu ihrer Wohnung hinauf. In ihrem Haus gab es keinen Aufzug und so wohnten meist junge Leute in den oberen Etagen. In diesem Haus kannte jeder den anderen. Das machte es zu etwas Besonderem. Es war eine kleine Perle, so wie ihre Buchhandlung – mitten in Berlin. Sandra nahm sich Zeit, ihr Essen zuzubereiten. Dazu trank sie einen grünen Tee. Den hatte sie sich einen Tag zuvor in dem kleinen, indischen Gewürzladen an der Ecke gekauft. Sie schnupperte an dem Glas mit dem frisch aufgebrühten Tee, dieser Duft verzauberte ihre Sinne. Sandra freute sich auf ihre Mahlzeit. Diese bestand aus einem frischen Rucola-Salat mit Tomate und Mozzarella. Dazu genoss sie diesen wohlriechenden Tee.

Es machte ihr nichts aus, alleine zu leben und alleine zu speisen. Sie genoss diese Momente der Einsamkeit. Tagsüber war ihr Leben gefüllt mit vielen Menschen. Es war nicht so, dass Sandra keine Freunde gehabt hätte. Diese hatte sie, und zwar reichlich. Sandra war ein gern gesehener Gast auf Veranstaltungen, eine liebe Freundin und Zuhörerin. Doch heute zog sie die Gesellschaft dieser beiden Bücher vor. Gemütlich setzte sie sich nach dem Abendessen in ihren Lesesessel und schlug das Kinderbuch auf. Sie begann, in die Geschichte einzutauchen.

Kapitel 5

„Papier“, rief Anna ins Nichts. „Wir hätten gerne Papier“, wiederholte sie. Und es rieselten viele weiße Blätter herab.

„Stifte“, rief Jakob und sie mussten sich richtig ducken, um von dem einsetzenden Stift-Regen nicht erschlagen zu werden. Die beiden lachten.

„Wer beginnt?“, fragte Anna. Und wäre sie nicht eine Papierfigur, hätte man das Glitzern in ihren Augen sehen können. Aber so blieb es verborgen. Auch Jakob war aufgeregt. Zusammen saßen sie auf dem eigentlich nicht vorhandenen Boden und wollten Geschichten erzählen.

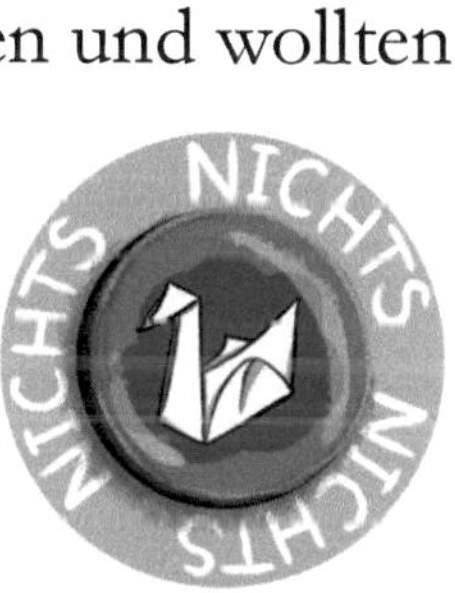

„Ich fange an“, sagte Jakob aufgeregt. „Also, ‚Das fliegende Klassenzimmer', ja?", fragte er Anna.

„Wir erfinden es neu. Fang an!"

„Gerne, aber wie beginnt man eine Geschichte?"

„Du hast doch schon viele Bücher gelesen!"

„Stimmt", antwortete Jakob, „aber ich bin mir nicht so sicher. Ging das nicht mit ‚Es war einmal …' los?"

„Langweilig", gähnte Anna. „So fangen Märchen an. Wir wollen was richtig Spannendes machen."

„Gut, ich muss mich erst einmal gedanklich organisieren. Das fliegende Klassenzimmer – ein Zimmer, das fliegt. Warum fliegt das Zimmer? Ich habe eine Idee, wir können anfangen", sagte Jakob.

„Ich höre", erwiderte Anna und so begann Jakob mit seiner erfundenen Geschichte.

„Ein Waisenhaus, mitten im Zweiten Weltkrieg. Hier lebten viele Kinder, deren Eltern im Krieg gefallen waren oder nicht mehr gefunden wurden. Das Waisenhaus lag unterirdisch. Ja, ihr habt richtig gehört: tief unter der Erde in einem Luftschutzbunker. Dieser befand sich im Wald. Es gab dort unten kein Licht. Doch manchmal fiel ein Lichtstrahl hinein. Dies geschah, wenn die Freiwilligen das Essen in den Bunker brachten.

Die Kinder freuten sich auf den Lichtstrahl, denn es bedeutete gleichzeitig, dass sie satt werden würden. In dem Waisenhaus waren nicht nur Kinder, sondern auch Erwachsene, die auf die Kinder aufpassten. Meistens Menschen, die sich selbst versteckten, so wie Herr Stern. Er war Lehrer und hatte sich ein Ziel gesetzt: Er wollte, dass diese Kinder den Krieg überstanden. Und nicht nur einfach überstanden, sondern auch lesen und schreiben konnten.

Also brachte er ihnen – zusammengepfercht in einem kleinen Raum – das Lesen bei. Dazu nahm er ein Buch, welches er immer bei sich trug und begann, daraus vorzulesen. Die Kinder lauschten gerne seiner Stimme. Doch mangels Papier und Stiften konnte Herr Stern den Kindern nur das Nötigste beibringen. So buchstabierte er die Wörter. Die Kinder sprachen sie nach. Die Buchstaben zeichneten sie in die Luft."

Während Jakob erzählte, beschrieben sich die Buchseiten wie von selbst. Fasziniert betrachtete Anna das Ganze und lauschte weiter Jakobs Stimme.

„Eines Tages sagte ein kleiner Junge –

er hieß Karl – ‚Ich möchte hinausgehen, ich möchte draußen im Wald spielen. Warum können wir nicht spielen?'

‚Ja', riefen alle anderen Kinder.

‚Wir wollen spielen, hier ist es so eng.'

Herr Stern betrachtete die Kinder – und er hatte eine Idee.

‚Lasst uns hier im Klassenzimmer spielen. Wir fliegen zum Himmel.'

‚Zum Himmel?', fragten die Kinder ganz erstaunt.

‚Richtig, zum Himmel', sagte Herr Stern. ‚Ganz nach oben. Dort sind wir sicher und uns kann nichts passieren.'

‚Und wie kommen wir dahin?', fragte Karl.

‚Na, wie schon? Mit unserer Fantasie! Wir lassen uns Flügel wachsen!'

Die Kinder sprachen alle durcheinander.

‚Das ist toll', riefen sie. Ein Mädchen hob die Hand. Sie war normalerweise sehr schüchtern.

‚Ja, Sarah?', fragte Herr Stern.

‚Kann ich damit beginnen zu erzählen?'

‚Natürlich.'

‚Ich mag gerne Elfen und ich stelle mir vor, wie sie hier zu uns herunterkommen und wir auf ihnen sitzen können und gen Himmel fliegen.'

‚Das ist sehr schön. Hat sonst noch jemand eine Idee?'

‚Ich, ich', rief ein Junge ganz hinten.

‚Hans, ja, sprich.'

‚Elefanten!'

‚Elefanten können gar nicht fliegen', sagte Sarah.

‚Nein, aber sie sind so groß, sie kommen her und heben uns rauf und tragen unseren ganzen Bunker auf ihrem Rücken. Und dann treffen wir im Wald Giraffen. Die Giraffen nehmen den Elefanten die Last ab und tragen uns auf ihrem Kopf. Somit sind wir schon ganz weit oben. Und dann, dann lässt der liebe Gott eine Leiter herunter und wir können den Himmel erklimmen.‘

Herr Stern klatschte in die Hände.

‚Das sind wunderschöne Geschichten, weiter so!‘

‚Eine Regenbogenbrücke‘, rief ein Mädchen, ‚über die müssen wir gehen. Dann sind wir im Himmel und dort bauen wir uns ein Haus, wo wir immer hinausgehen und spielen können.‘

Ein anderes Mädchen rief: ‚Engel! Sie könnten uns helfen und uns nach oben tragen.‘

Ein weiterer Junge namens Michael rief: ‚Wir könnten alle fliegen, unser ganzes Klassenzimmer! Und ich weiß auch, wie! Wir bauen uns ein Luftschiff.‘

‚Oh, das klingt interessant‘, sagte Herr Stern. ‚Wie willst du das denn bauen?‘

‚Nun ja, mein Vater, der war Ingenieur. Ich wette, er hat irgendwo Pläne.‘

Herr Stern lachte. ‚Gut, stell dir vor, du hättest die Pläne. Was würdest du tun?‘

‚Na, was schon? Anfangen, ein Luftschiff zu konstruieren.‘

Der kleine Junge band die ganze Klasse ein. Jeden machte er zu seinem Handlanger – und sie begannen, das imaginäre Luftschiff zu bauen. Die Kinder arbeiteten monatelang daran. Das Luftschiff sollte schließlich fliegen und hier durfte nichts schiefgehen. Auch ernannte Michael Herrn Stern zum Piloten.

‚Ein Pilot muss schließlich wissen, wie alles funktioniert.‘

Michael erklärte ihm alles. Jedes Knöpfchen, jeden Hebel. Selbst das Funkgerät erklärte er dem Lehrer. Der staunte. So viel Vorstellungskraft in dieser düsteren Zeit. Er war stolz auf seine Schüler und er spielte das Spiel mit. Michael verkündete, dass es nur noch wenige Tage dauern würde, bis das Luftschiff einsatzbereit wäre.

‚Wo fliegen wir überhaupt hin?', fragte Herr Stern.

‚Ich muss mir meine Karten zurechtlegen. Wir fliegen nach Amerika.'

‚Nach Amerika?', fragte Herr Stern. ‚Nichts lieber als das.'"

Anna saß neben Jakob und beobachtete, wie sich das Buch von selbst schrieb. Sie lauschte Jakobs Stimme und auf ihrem kleinen Papiergesicht veränderte sich die Mimik von Freude und Erwartung bis hin zu Traurigkeit. Jakob erzählte weiter.

„Alle im Bunker machten mit, denn

schließlich wollte jeder nach Amerika. Michael verkündete eines Tages, dass das Luftschiff fertig wäre. Alle waren aufgeregt, denn jetzt hieß es packen. Die Kinder suchten ihre Habseligkeiten zusammen. Auch die Erwachsenen packten kleine Bündel mit den wenigen Dingen, die sie besaßen. Sie drängten sich alle in das kleine Klassenzimmer.

‚Proviant', rief Herr Stern, ‚hier habe ich Proviant. Es ist nicht viel, aber es muss für unsere Reise reichen.'

Michael stand auf und trat neben Herrn Stern.

‚Liebe Passagiere', rief er voller Inbrunst, ‚ich darf euch heute hier an Bord des fliegenden Klassenzimmers begrüßen. Dies ist Herr Stern, unser Pilot. Wir fliegen ohne Zwischenlandung nach Amerika.'

Die Menge klatschte. Natürlich wussten sie, dass sie nicht wirklich nach

Amerika fliegen würden, aber so waren sie von ihrem Alltag abgelenkt. Doch Michael nahm seine Sache sehr ernst.

‚Zu meiner Linken, das ist Sarah, die Erste Ingenieurin. Sollte hier mal irgendetwas klappern oder nicht funktionieren, liebe Passagiere, wendet euch bitte an sie. Hier vorne …‘ und er zeigte auf ein braunhaariges Mädchen mit großen, verschreckten Augen, ‚das ist Eva, unsere Flugbegleiterin. Sie wird für das leibliche Wohl sorgen. Dann hätten wir noch Hans. Er ist für die Sicherheit zuständig. Und wenn ihr Fragen habt, liebe Passagiere, dann wendet euch vertrauensvoll an uns.‘

Die Menge klatschte und jubelte.

‚Gut‘, sagte Michael.

‚Herr Stern, sind Sie bereit?‘ Dieser nickte augenzwinkernd. ‚Dann darf ich alle bitten, Platz zu nehmen. Halten Sie sich gut fest.‘

Und tatsächlich – etwas vibrierte. Die Kinder hatten Angst, denn sie waren mitten im Krieg. Doch das Vibrieren kam nicht von draußen – es kam von innen. Der Boden wankte. Er schwankte und das Klassenzimmer rüttelte und hob ab! Es erhob sich aus der Erde und stieß hinauf in die Lüfte."

Anna klatschte in die Hände. Aus ihren Augen traten Tränen, die wieder als Konfettiregen auf den eigentlich nicht vorhandenen Boden fielen. Doch es waren Freudentränen.

„Jakob, das ist so schön!", jauchzte sie, „so wunderschön!"

Jakob erzählte noch einige Stunden weiter.

„Sie schwebten durch die Lüfte und plötzlich sahen sie Licht. Die Luke, durch die früher das Essen gereicht wurde, war jetzt ein Fenster und die Kinder konnten nach draußen sehen. Das Schiff flog sicher bis nach Amerika. Als es mitten in New York landete, warteten schon viele Menschen auf sie. Die Nachricht über dieses ungewöhnliche Luftschiff war bis nach Amerika gedrungen. Und alle drängten sich um das Schiff. Als sich die Luke öffnete und die Passagiere nach draußen traten, wurden sie herzlich begrüßt. Sie bekamen Essen und Medizin. Tatsächlich waren einige auf der langen Reise krank geworden. Aber jetzt war Hilfe da und so machte das fliegende Klassenzimmer Geschichte.“

Als Jakob die Geschichte beendete, klatschte Anna Beifall. Es entstand zwar kein Geräusch, sondern es klang wie ein Rascheln, doch Jakob konnte die Freude in Annas Gesicht sehen.

„Hat es dir gefallen?“, fragte er gespannt.

„Natürlich. Schau mal hier …“ Sie deutete auf das fertige Buch. Es nahm Gestalt an, hatte einen ledernen Einband. Darauf prangte: Das fliegende Klassenzimmer von Jakob Sommer.

„Da steht mein Name“, sagte Jakob, „wie schön!“

Die Stimme ertönte: „Sehr gut, Jakob. Nun nehmt dieses Buch und bringt es in die Geheime Bibliothek!“

Anna wollte gerade fragen, wo sich denn diese Bibliothek befand, als vor ihren Augen ein Gebäude entstand. Es war so, als wenn es von Geisterhand auf einem Blatt Papier gezeichnet wurde, genauso, wie auch das Buch entstanden war. Die Geheime Bibliothek nahm Farbe an und sie wurde wunderschön.

Anna erinnerte sie an Sandras Buchladen in der Stadt, in den sie so gerne mit ihrem Vater ging. Ganz sachte öffnete Anna die Tür. Sie hatte Angst, sie kaputtzumachen. Langsam gingen die beiden in das Innere der Geheimen Bibliothek. Hier drinnen strahlte ein wundersames, warmes gelbes Licht. Es befanden sich sehr viele Regale an den Wänden. Die waren alle leer.

„Unglaublich", sagte Anna ehrfürchtig, „wir bringen das erste Buch hierhin." Vorsichtig legte sie Jakobs Werk in eines der Regale. Plötzlich verschwand die Bibliothek wieder und die beiden standen erneut im Nichts.

„So Anna, jetzt musst du eine Geschichte erzählen."

„Ich weiß, lass mich überlegen."

Und genau dies tat Anna auch. Es fiel ihr nicht sonderlich schwer, denn sie hatte unlängst die Geschichte von Peter Pan gelesen. Aber sie hatte ihre eigene Version für eine Fortsetzung der Geschichte. Und so begann sie, Jakob davon zu erzählen.

„Kapitän Hook, Peter Pans Erzfeind, wurde im Kampf mit Peter von seinem eigenen Krokodil gefressen. Peter Pan hatte fortan keinen Gegner mehr. Die Kinder aus Nimmerland langweilten sich. Sie wurden immer träger und vertrieben sich ihre Langeweile mit Essen. So kam es, dass sie beträchtlich an Körperfülle zulegten. Die Fee Tinkerbell wusste nichts Besseres zu tun, als ihrem eignen Feenstaub hinterher zu jagen. So gingen Sekunden, Minuten, Stunden, Tage, Monate und Jahre ins Land, ohne irgendwelche nennenswerten Vorkommnisse.

Eines Morgens, genau siebenhundertfünfunddreißig Tage nachdem Kapitän Hook von seinem Krokodil verspeist worden war, erwachte Peter aufgeregt.

‚Jungen', rief er, ‚wir müssen Hook retten!'

‚Der ist tot und verdaut und schon lange eins mit dem Meer geworden.'

‚Niemals!', schrie Peter. ‚Lasst uns mit seinem Schiff in See stechen.'

‚Wenn du unbedingt willst', antworteten die anderen lustlos. Da sie nichts anderes zu tun hatten, folgten sie ihm langsam und träge auf das Schiff, das ehemals dem Kapitän gehört hatte.

Gemächlich stachen sie in See. Das Schiff trieb ziellos auf dem Meer. Peter stieg behäbig auf den Großmast. Von dort betrachtete er die Umgebung mit dem Fernrohr, auf der Suche nach dem Krokodil. Als er das Fernrohr wieder senken wollte, weil seine kleinen pummeligen Arme die Anstrengung nicht mehr tragen konnten, sah er etwas Grünes im Meer treiben.

Er schrie aus Leibeskräften: ‚Ich habe das Krokodil gesichtet. Los alle nach achtern.'

Die Jungen ruderten mit vereinten Kräften. Peter stieg hinab und betrachtete den Fund aus der Nähe. Als das Krokodil Peter erblickte, tauchte es erschrocken ab und verschwand in den Tiefen des Meeres. ‚Wenn das Krokodil lebte, dann müsste auch Hook noch leben', stellte Peter mit seiner kindlichen Logik fest.

‚Wie befreien wir Hook?', fragte ein Junge ängstlich.

‚Das ist einfach', erwiderte Peter.

‚Wie wollen wir das anstellen?', fragte ein anderer Junge.

‚Alles, was wir benötigen, ist hier an Bord', grinste Peter. Er gewann seinen alten Elan zurück, ging ins Innere des Schiffs und kam mit einer riesigen Angel zurück an Deck.

‚Die sollte reichen', sagte er und blickte in fragende Gesichter. Er rief nach der Fee Tinkerbell und bat sie, ihm einen fetten Fisch zu bringen. Kurz darauf erhielt er das Gewünschte. Die Elfe ließ den Fisch auf das Deck fallen und hielt sich vor lauter Ekel die Nase zu.

‚Pfui!', rief sie. ‚Wie kann man so etwas nur essen?!'

Tinkerbells Gemecker ließ Peter kalt. Er befestigte in Ruhe den Fisch an der Angel. Stolz erklärte er den anderen sein Vorhaben. Er wollte das Krokodil anlocken und sobald es den Fisch gefressen hätte, würde er versuchen, die Angel zu betätigen.

Peter war der festen Überzeugung, dass Hook den Fisch essen würde und durch den Zug, den die Angel ausübte, aus dem Krokodil befreit werden könnte. Die Jungen glaubten zwar nicht an Peters Plan, doch sie hatten nichts Besseres zu tun, also halfen sie ihm dabei.

Es dauerte einen ganzen Tag, bis das Krokodil endlich gesichtet wurde. Wie geplant, schnappte es nach dem Köder. Doch selbst mit vereinten Kräften schafften die Jungen es nicht, die Angel einzuholen. Das Krokodil schwamm schnell weg und zog das Schiff mit auf die offene See. Die See war unruhig und die Nacht brach herein. Mit ihr die so gefürchteten Stürme. Die Kinder holten die Segel ein und befestigten die Angel am Mast. Eine große Welle erfasste das Schiff und ließ es fast seitlich kentern.

Durch diese Wucht konnte sich das Krokodil von der Angel befreien. Es entfernte sich schnell vom Schiff. Die Jungen fluchten, als sie es wegschwimmen sahen.

Die Angel verblieb draußen am Mast, es war zu gefährlich, bei dem Sturm an Deck zu gehen. Irgendwann siegte die Müdigkeit. Als die Jungen am nächsten Tag von der Sonne geweckt wurden, war die See so ruhig, als hätte es nie einen Sturm gegeben.

Peter ging zur Angel und holte sie ein. Da war doch etwas, er spürte einen Widerstand. Aufgeregt rief er nach den anderen und gemeinsam zogen sie an der Angel. Da hörten sie schon ein Rufen: ‚Zieht mich hier hoch, verdammt noch mal!‘

Als sie die Köpfe über die Reling streckten, sahen sie ihn: Hook. Alle waren aufgeregt. Es war Peter persönlich, der an einem Tau nach unten kletterte und Kapitän Hook die rettende

Hand reichte.

An diesem Abend wurde die Rettung des Kapitäns gefeiert. Doch schon am nächsten Morgen beanspruchte dieser wieder sein Schiff und brachte die Jungen zurück auf die Insel. Nur Peter blieb heimlich an Bord. Er wusste, dass Hook seine Mannschaft suchen würde. Das konnte er sich nicht entgehen lassen. Schließlich musste er wissen, wo er ihn finden und wieder mit ihm kämpfen konnte. Tinkerbell folgte den beiden unsichtbar.

Und tatsächlich, nachdem Hook ein paar Piraten in der Meerjungfrauen-Lagune eingesammelt hatte, schmiedeten sie Pläne, wie sie Peter und die Jungen überrumpeln konnten. Mit einem Lächeln im Gesicht stieg Peter zu Tinkerbell in die Lüfte. Hook war zurück und gab seinem Leben wieder einen Sinn.“

Fasziniert beobachteten Anna und Jakob das fertige Buch. Der Titel auf dem Buchdeckel erschien wie von Geisterhand: Hooks Rettung – erzählt von Anna Jung. Anna berührte ungläubig den Buchdeckel.

„Da steht mein Name."

„Ja", sagte Jakob, „wunderschön, nicht?" Gerade als Anna das Buch in ihre Hände nahm, war sie auch schon wieder da, die Geheime Bibliothek. Diesmal gingen sie zielstrebiger auf die Tür zu, öffneten sie und traten ein. Sie stellten das Buch genau neben das andere.

„Schau mal", bemerkte Jakob, „ganz dahinten sind Bücher." Er wollte gerade dorthin laufen, doch in diesem Moment verschwand die Bibliothek genauso schnell, wie sie erschienen war, und die beiden standen wieder im Nichts.

Kapitel 6

Herr Müller in seinem Element

Herr Müller schaute sich um. Er schaute nach oben und in diesem Moment rieselten rund hundert unbeschriebene Seiten auf ihn herab. Er nahm eine mit seiner linken Hand und betrachtete sie, drehte das Blatt herum und sah, dass auch diese Seite weiß war. Wieder schaute er nach oben und plötzlich fiel aus dem Nichts ein Bleistift. Diesen fing er mit der rechten Hand auf. Jetzt hatte er alles, was er benötigte. Herr Müller lachte lauthals, denn im Gegensatz zu Jakob und Anna, wusste er genau, was er zu tun hatte.

Er rief: „Eine Kaffeemaschine! Ich benötige eine Kaffeemaschine!" und sofort tauchte diese vor ihm auf. Er betrachtete sie eingehend, ging um sie herum, drückte diverse Knöpfe.

„Hm“, sagte er, „ein Kaffeevollautomat.“

Er nahm das Blatt und begann zu schreiben. Er beschrieb zunächst alle Bauteile der Kaffeemaschine und sortierte die Abbildungen nach Buchstaben aus dem Alphabet. Er skizzierte die einzelnen Bauteile. Dann beschrieb er die Funktionsweise der Kaffeemaschine. Er begann damit, das elektronische Menü genauestens zu beschreiben. Vom Einstellen der Sprache über die Uhrzeit bis hin zur Wassermenge, er schrieb alles nieder, was diese Kaffeemaschine konnte. Selbst Themen wie Fehlerbehebung ließ er nicht aus. Als Herr Müller die letzten Zeilen geschrieben hatte, sah er, wie sich seine losen Blätter zu einem Buch formten, das seinen Namen trug.

Stolz betrachtete er das Buch, als die Stimme ertönte: „Bring es in die Geheime Bibliothek!“

Herr Müller wollte gerade ansetzen: „Aber wo …?“, da erschien eine Tür vor ihm. Sie war aus Papier, so wie er selbst, was Herrn Müller jedoch nicht störte. Er öffnete die kleine Papiertür, wobei er sie fast herausriss und ging in die Bibliothek. Er stellte sein Buch ganz nach hinten, denn dort waren die meisten Regale und er sollte ja alle füllen. Zufrieden stellte er sein Buch hinein.

Er trat wieder aus der Bibliothek heraus, die genauso schnell verschwand, wie sie aufgetaucht war. Er hörte das Knistern, als das Papier der Geheimen Bibliothek sich zusammenfaltete und sich dann in nichts, in Luft, auflöste.

Er ging wieder zu den leeren Seiten,

kratzte sich kurz am Kopf und überlegte. „Ah“, sagte er, „einen Staubsauger ohne Beutel, bitte.“ Und sofort erschien ein Staubsauger. Herr Müller tat das Gleiche wie zuvor. Er ging um den Staubsauger herum und betrachtete ihn von allen Seiten. Dann begann er damit, die einzelnen Bauteile herauszunehmen, sie abzuzeichnen und deren Funktion festzuhalten. Genau wie zuvor bei der Kaffeemaschine schrieb er Seite um Seite in sein Betriebshandbuch.

Als er fertig war, betrachtete er fasziniert, wie aus seinen einzelnen Blättern wieder ein Buch wurde, das, wie das erste auch, seinen Namen trug. Die Geheime Bibliothek erschien vor ihm, er rannte hinein und stellte es in das Regal neben sein anderes Buch.

Dies wiederholte er den ganzen Tag lang, denn er hatte mittlerweile zweiundzwanzig verschiedene Betriebsanleitungen geschrieben. Begonnen hatte er mit der Kaffeemaschine, dann kam der Staubsauger. Es folgten ein Fahrrad, ein Dreirad, Rollerskates, ein Fernseher, eine Waschmaschine, ein Wäschetrockner, ein Föhn, ein Lockenstab, eine elektrische Zahnbürste, eine Solarlichterkette, ein Entsafter, ein Rührgerät, ein elektrisches Messer, ein CD-Player, ein Autoradio, ein Rollstuhl, ein sich selbst öffnendes Strandzelt, ein elektrischer Dosenöffner, ein Rasierapparat und ein Diktiergerät.

Herr Müller freute sich über seine zahlreichen Bücher und betrachtete stolz das Regal. Als er hinausging, fiel ihm auf, dass vorne am Eingang auch ein Regal mit zwei Büchern darin stand. Interessiert nahm er eines davon in die Hand. ‚Hooks Rettung – erzählt von Anna Jung', dachte er grimmig und blätterte es durch. So ein Schund! Er nahm das andere Buch zur Hand: ‚Das fliegende Klassenzimmer'. Auch dieses Buch blätterte er durch. Ihm stach direkt die Illustration eines Luftschiffes ins Auge. Was soll das denn darstellen, fragte er sich. „Das ist ja die Höhe!", rief er und trat aus der Geheimen Bibliothek heraus. Diese faltete sich wieder zusammen; er hörte noch das Knistern, dann war sie auch schon verschwunden.

Herr Müller setzte sich auf den Boden. Was soll ich nur tun, überlegte er. Da ihm nichts Besseres einfiel, schrieb er weitere Betriebshandbücher und als er wieder fünf Bücher zusammen hatte, brachte er diese in die Geheime Bibliothek.

Anna und Jakob waren in der Zwischenzeit nicht untätig gewesen. Sie hatten Spaß daran gefunden, Geschichten zu erzählen. Und so erfanden sie eine Schar von Piraten, die über die Sieben Weltmeere segelte und gegen Feinde kämpfte, auf der Suche nach einem verschollenen Schatz. Sie erzählten die Geschichte eines kleinen Jungen, der unbedingt Detektiv werden wollte und einen kniffligen Fall löste.

Nun erzählten sie die Geschichte einer kleinen Prinzessin, die nicht mehr Prinzessin sein wollte und ausriss, um fortan in der Großstadt zu leben. Aber als ihr Vater, der König, in einem fernen Land krank wurde, ging sie zurück in ihr Reich, um ihn zu retten.

Auch waren da die kleine Maus und die Katze, die zusammen um die Welt reisten und sich unter Hüten und Rucksäcken versteckten. Als einmal die Maus in die Suppe fiel, rettete die Katze unter Einsatz ihres Lebens die kleine Maus.

Sie erzählten von einem jungen Goldfisch, der sich verirrte und von einer Elefantenherde, die im Dschungel lebte.

Sie schrieben Geschichte um Geschichte über Abenteuer, Fantasie, Freundschaft. Alle Geschichten hatten eins gemeinsam: Sie hatten ein glückliches Ende.

Die Regale füllten sich und Anna und Jakob waren stolz. Auch ganz hinten in der Bibliothek waren plötzlich Bücher. Doch stets, wenn Jakob dorthin gehen wollte, verbarg sich das Regal, das er von Weitem noch hatte sehen können.

„Anna, schau mal."

Anna trat einige Schritte nach vorne, um dieses Regal zu inspizieren. Doch sie kam nicht weiter.

„Es ist, als wäre es hinter einer unsichtbaren Wand“, sagte Anna.

„Wie ist das nur möglich?“

Anna zuckte mit den Schultern. „Vielleicht sind wir nicht die Einzigen.“

„Das kann sein. Ist das nicht spannend?“, erwiderte Jakob.

„Das ist es. Wahrscheinlich werden diejenigen auch nicht an unsere Bücher herankommen.“

Wie sehr sie sich täuschte, wusste sie nicht. Denn die Macht, das Böse, welches diese Betriebshandbücher verbarg, war stärker als die Macht, die Anna und Jakob unbewusst hatten. Das Böse wollte die anderen Bücher vernichten. Anna und Jakob traten gut gelaunt aus der Bibliothek heraus und setzten sich, um neue Geschichten zu erfinden.

Herr Müller schrieb weiter. Er lachte in sich hinein und ein Lächeln umspielte seine sonst so ernsten Lippen. Er schrieb und schrieb und schrieb und trug ein ganzes Bündel voller Bücher in die Geheime Bibliothek. Dabei streifte er wieder das Regal mit diesem Schund. Er sah, dass dort jetzt viel mehr Bücher standen als zuvor: Die Piraten der Schatzinsel, Detektiv Jojo, Prinzessin Lilli.

Herr Müller schüttelte den Kopf. „So ein unnötiger Müll", sagte er vor sich hin. Seine gute Laune war verflogen. Als er draußen war, rief er: „Was kann ich tun?"

Da ertönte die Stimme. „Schreib noch mehr Bücher! Mehr Betriebshandbücher!", forderte sie. „Dann vernichte diesen Schund! Du musst stärker sein! Je mehr Bücher du hast, desto stärker wirst du!"

Und Herr Müller schrieb, er schrieb

und schrieb und füllte Regalbrett um Regalbrett.

Kapitel 9

Zerstörte Helden

Als Sandra am nächsten Morgen die Buchhandlung öffnete, herrschte reger Kundenverkehr. Es war kurz vor den Sommerferien und die Eltern deckten sich mit Lesestoff ein. Schließlich wollte niemand verantworten, dass die Kinder sich in den Ferien langweilten. Was war da besser als ein Buch? Viele Bücher! Am heutigen Tag verließ fast niemand das Geschäft mit nur einem Buch in der Hand. Viele neue Kindergeschichten gingen über den Ladentisch. Bestimmt, dachte Sandra, haben es am Mittag viele Kinder eilig, nach Hause zu kommen, um dort die neuen Bücher aufzuschlagen.

Sandra freute sich mit ihnen. Sie erinnerte sich noch daran, wie sie sich gefühlt hatte, wenn sie ein neues Buch geschenkt bekommen hatte. Diese Erwartung, dieses Kribbeln in den Fingern, den Umschlag aufzuschlagen und Seite um Seite in die Geschichten einzutauchen, mitzufiebern, zu bangen und zu lachen.

Als Sandra an diesem Abend ihr Geschäft schloss, war sie unsäglich müde. Erschöpft von einem erfolgreichen Tag. Zufrieden ging sie die wenigen Straßen bis zu ihrer Wohnung, in der sie letztendlich mit einem Buch in der Hand einschlief.

Zur gleichen Zeit war im Nichts ein verärgerter Herr Müller. Er bemerkte, dass sich die Regale der Geheimen Bibliothek weiter füllten mit diesen unnützen Geschichten. Als er vor dem Regal stand, ertönte die ihm schon vertraute Stimme. „Zerstöre die Geschichten!"

Herr Müller fragte: „Aber wie?"

„Zerreiße sie!“

Herr Müller nahm das Buch der Prinzessin Lilli. Er öffnete es, riss Seite um Seite heraus und zerfetzte sie in kleine Schnipsel. Diese ließ er zufrieden zu Boden rieseln. „Haha“, lachte er, „einfacher als gedacht.“ Er wiederholte die Prozedur. Fünf weitere Bücher fielen seiner Zerstörungswut zum Opfer. Doch bei dem letzten Buch, das über den Piraten, spürte er plötzlich einen spitzen Schmerz.

„Verdammt!“ Er sah, dass ein Papierfinger an seiner rechten Hand lose herabhing. Es war sein Zeigefinger, den er unbedingt zum Schreiben brauchte. Wütend verließ er die Bibliothek.

Während diese erneut wie von Zauberhand verschwand, versuchte ein Pirat, sich mit seinem Schwert hinter dem Bücherregal zu verstecken. Er hatte die langen schwarzen Haare zu einem Pferdeschwanz gebunden, einen nach oben gezwirbelten Schnurrbart und am linken Ohr trug er einen goldenen Ohrring. Von seinem Schwert tropfte noch das Blut seines Feindes.

Der Pirat nahm ein leises Wimmern wahr. Er ging dem Geräusch nach und traf auf ein kleines, zartes Mädchen mit langen, blonden Haaren. Ein Diadem zierte ihre Lockenpracht. Sie schluchzte.

„Ich … wo bin ich?“, fragte sie ängstlich.

Der Pirat schaute sich um. „Ich weiß nicht, wo wir sind. Diese Umgebung kenne ich nicht. Wie heißt du?“

„Lilli“, stammelte sie und sie hatte die wundervollste Stimme, die der Pirat jemals in seinem Leben gehört hatte.

„Wo kommst du her, Lilli?“

„Aus meinem Königreich. Mein Vater ist krank. Gerade verabreichte ich ihm die mitgebrachte Medizin. Ich war von Zuhause weggelaufen“, schluchzte sie, „weil ich nicht mehr in dem Königreich leben wollte. Es war so langweilig dort. Jeden Tag das Gleiche, ich durfte nie so sein, wie ich es mir vorstellte. Deswegen ging ich fort in die Großstadt. Ich wurde Ballerina. Alle haben mich bewundert. Dann wurde mir zugetragen, dass mein Vater, der König, todkrank war und ich wusste, was ich zu tun hatte.

In seinem Königreich existierte diese rettende Medizin nicht. Aber in der Großstadt gab es einen Apotheker, der mir das Heilmittel aus Bewunderung schenkte. Ich eilte zurück ins Königreich. Durch die Medizin verbesserte sich sein Zustand merklich.

Doch gerettet ist er nicht.

Wo bin ich hier gelandet?“, fragte sie erneut.

„Tja“, sagte der Pirat, „ich war gerade mitten in einem Kampf. Meine Freunde und ich, wir suchten einen Schatz. Der ist tief verborgen auf einer Insel in einer Lagune. Wir waren auf dem Weg dorthin. Doch wir haben viele Widersacher. Mit Hilfe unserer Kanonen hatten wir gerade ein Schiff erobert und … ja, dann war ich plötzlich hier.“

„Hallo?“, hörten sie eine Stimme und sahen einen kleinen, zerbrechlich wirkenden Jungen. Er trug eine runde Brille, die breiter war als sein Gesicht. In der Hand hielt er eine Lupe, die er jetzt genau vor das Gesicht des Piraten platzierte. Er kniff die Augen zusammen und schaute den Piraten an. Dann wandte er sich zur Prinzessin und hielt ihr die Lupe vor die Augen.

„Wer seid ihr?“, fragte der kleine Junge. Seine Stimme war kräftiger als man ihm zugetraut hätte.

Prinzessin Lilli ergriff das Wort: „Ich bin Lilli.“

„Und du?“, fragte der Junge.

„Ich bin Fe, Pirat Fe“, sagte der Pirat.

„Ich bin Niels“, sagte der Junge, „weltbester Detektiv. Ihr habt mich gerufen und hier bin ich.“

„Ähm“, sagte die Prinzessin, „wir haben dich nicht gerufen.“

„Nein, bestimmt nicht“, sagte der Pirat. „Wir brauchen keinen Detektiv.“

Der Junge ließ die Lupe sinken und weinte.

„So war das nicht gemeint“, ergriff Lilli sofort das Wort und auch der Pirat, der vorher so barsch reagiert hatte, setzte sich auf den Boden und legte den Arm um Niels.

„Hey Junge, wir sitzen alle im selben

Boot. Du bist sicher auch unfreiwillig hier gelandet, wie wir."

Der Junge schluchzte: „Ich arbeitete gerade an meinem interessantesten Fall und jetzt bin ich hier."

„Was hast du denn gerade getan?"

„Ich muss die Perlenkette von Oma Greta suchen. Ihr müsst wissen, die wurde von einem Dieb gestohlen. Ich war gerade dabei, ihn zu überführen – und – da seid ihr beiden aufgetaucht. Wisst ihr, wo die Perlenkette ist?"

„Nein", antwortete Lilli.

„Ist die Kette wertvoll?", fragte Pirat Fe.

„Sehr sogar", antwortete Niels. „So wertvoll, dass man ein ganzes Haus davon kaufen kann."

„So, ein Haus. Vielleicht auch ein neues Schiff?"

„Bestimmt", nickte Niels.

„Dann müssen wir diese Kette unbedingt finden“, sagte der Pirat. „Ich brauche ein Schiff! Ich muss hier weg!“

Prinzessin Lilli schaute ihn an und rief: „Und ich? Ich muss zu meinem Vater! Er benötigt seine Medizin. Wenn ich ihm die nicht geben kann, stirbt er möglicherweise!“

„Bei alledem kann die Perlenkette helfen?“, fragte Niels erwartungsvoll.

Sie hörten ein Fiepen, das die drei aufhorchen ließ.

„Habt ihr das gehört?“, fragte Lilli.

„Ja“, sagte Niels, nahm sofort seine Lupe und begann zu suchen. Der Pirat hielt sein Schwert in der Hand, folgte dem Detektiv. Hinter ihm ging Lilli auf Zehenspitzen. Sie hörten erneut das Fiepen. Es kam unter dem Regal hervor. Lilli ging auf die Knie.

„Eine Maus!“

„Fiep, fiep“, sagte die Maus.

Lilli breitete die Hand aus und die Maus kroch auf ihre Handfläche. Vorsichtig hob Lilli sie auf, bis sie mit ihr auf Augenhöhe war und sie schaute sich die kleine Maus an. „Und wen haben wir denn hier?“, fragte sie.

„Ich bin Tippi. Und wer bist du?“

„Ich bin Lilli und das sind der Pirat Fe und der weltbeste Detektiv Niels.“ Alle standen um Lilli herum und betrachteten die kleine, sprechende Maus.

„Ich war eben noch mit meinem Freund, dem Kater Zorro, unterwegs. Wir bereisen die ganze Welt. Aber plötzlich bin ich hier in diesen Raum gefallen. Ich weiß gar nicht, wo ich bin. Wir hatten uns gerade unter einem Hut versteckt.“

„Oh, das muss ein großer Hut gewesen sein, wenn sowohl eine Katze als auch eine Maus darunter passen.“

„Ja“, sagte Tippi, „ein gigantischer

Hut. Von einer großen, dicken Frau. Ihr Kopf war riesengroß und ihre Frisur war in mehreren Lagen aufgetürmt. Deshalb war der Hut sehr hoch, damit ihre ganze Frisur darunter passte. Und da war auch noch Platz für uns beide. Wir waren auf einem Schiff. Auf dem Nil."

„Auf dem Nil?", fragte der Pirat. „Habt ihr dort Piraten gesehen?"

„Nein, aber viele Pyramiden. Das war ganz interessant. Zorro sagte mir, dass dort die Pharaonen begraben seien."

„Wie uninteressant", erwiderte der Pirat.

„Nein, das war spannend. Denn dort sind viele Schätze verborgen."

„Schätze?", fragte der Pirat. „Wo, sagtest du, war das? Am Nil? Lasst uns dorthin gehen!"

„Wir sind hier nicht am Nil", sagte Lilli, wir sind hier irgendwo im, im –

Nichts."

„Ja", sagte Niels, „genauso sieht es aus."

„Habt ihr Zorro gesehen?"

„Du meinst deinen Freund, den Kater?", fragte Lilli.

„Ja, genau den."

„Nein, bisher nicht."

Wieder hörten sie etwas. Es klang wie ein Trompeten und sie folgten dem Geräusch. Sie sahen tatsächlich eine kleine Herde aus drei Elefanten. Sie hoben ihre Rüssel nach oben und es ertönte: „Töröoö".

„Das klingt wie ein Nebelhorn", schrie Pirat Fe.

„Das sind Elefanten", sagte Tippi, „die haben wir auf unseren Reisen schon einmal gesehen."

„Oh, da bist du bereits viel herumgekommen", sagte Lilli.

„Ich habe noch nie welche gesehen",

rief Fe und langsam näherten sie sich der Herde.

Friedlich stand diese da, eng aneinandergedrängt und betrachtete die drei Menschen und die kleine Maus. Fasziniert von den drei Elefanten merkte die Vierergruppe gar nicht, wie sich unweit von ihnen ein Fisch auf dem Boden wand. Er öffnete das Maul und zappelte um sein Leben. Wie auch die vier anderen war dieser Fisch aus einem Buch gefallen.

Es war Lilli, die als Erste ein platschendes Geräusch hörte. Sie wandte sich ab und suchte nach dem Ursprung. Zuerst bemerkte sie es nicht, doch als sie sich bückte, da sah sie den kleinen Goldfisch, der um sein Leben kämpfte. Sie schaute sich um. Nirgendwo war Wasser … und dann tat sie etwas, was dem kleinen Fisch das Leben retten sollte, allerdings für Lilli selbst höchst unangenehm war: Sie sammelte sehr viel Spucke und steckte sich den Fisch in den Mund. Gleichzeitig dachte sie: Entschuldigung kleiner Freund, aber nur so kannst du weiterleben.

Der kleine Fisch hörte auf zu zappeln. Er beruhigte sich. Wasser, dachte er, Wasser! Doch wirklich schwimmen konnte er nicht. Das Wasser war sehr seicht und erlaubte ihm keine weiteren Bewegungen. Um das Wasser herum waren große, weiße Bolzen, die selbstverständlich Lillis Zähne waren. Doch das wusste der kleine Fisch nicht. Sein neues Terrain ging rund um eine Sandbank, welches die Zunge von Prinzessin Lilli war, was dem kleinen Fisch auch verborgen blieb.

Uff, dachte der kleine Goldfisch, das ist zwar alles sehr eng, aber wenigstens lebe ich. Wo ist das Meer hin? Und meine Familie?

Lilli spürte, wie der kleine Goldfisch sich in ihrem Mund bewegte, sie nahm zumindest an, dass es ein Goldfisch war. Denn er war klein und orange. Sie war glücklich, dass sie ihn entdeckt hatte und ihm somit das Leben retten konnte.

Doch sie konnte nicht die ganze Zeit mit einem Fisch im Mund herumlaufen. Sie ging wieder zu den anderen, die noch immer staunend vor den Elefanten standen. Die Elefanten waren in Aufruhr geraten, irgendetwas beunruhigte sie. Lilli beobachtete die Situation. Genau vor dem Rüssel eines Elefanten saß Tippi. Lilli schüttelte mit dem Kopf, bückte sich und nahm Tippi hoch.

Sofort beruhigten sich die Elefanten. Niels und Fe schauten Lilli erstaunt an. Die zuckte nur mit den Schultern, denn sie konnte jetzt nicht sprechen –

mit dem Fisch in ihrem Mund, von dem die anderen nichts wussten.

„Gut gemacht“, sagte der Pirat anerkennend, „sehr gut.“

Lilli nickte nur.

„Woher wusstest du das?“, fragte der Pirat.

Lilli versuchte irgendwie zu erklären, dass sie nicht sprechen konnte und fuchtelte wild mit der Hand vor ihrem Mund herum.

„Hast du Zahnschmerzen?“, fragte Niels.

Sie legte den Kopf schräg, was Ja oder Nein bedeuten konnte.

„Mach mal auf“, sagte Fe. „Wir Piraten sind Spezialisten im Zähne ziehen.“

Lilli öffnete vorsichtig den Mund und zeigte mit dem Finger auf den Fisch.

„Ahhh“, sagte der Pirat, „du hast einen Fisch verschluckt.“

Lilli machte den Mund wieder zu und schüttelte den Kopf.

„Einen Fisch? Lass mich mal sehen!“, sagte auch Niels und sie öffnete wieder den Mund.

„Wo hast du den kleinen Kerl denn gefunden?“

Lilli deutete auf die Stelle, an der sie den kleinen Fisch gefunden hatte.

„Der hat sich bestimmt genauso wie wir hierher verirrt. Ich möchte nur wissen, wie wir alle hierhergekommen sind!“

Lilli nickte mit vollem Mund. Plötzlich schrie der Pirat „Schaut mal, dort oben – da ist ein Glas mit Wasser!“

„Tatsächlich“, sagte Niels, „da müssen wir hochklettern.“ Er schaute sich das Ganze näher an. Das Glas stand auf einem Tisch. Dieser Tisch hatte sehr lange Beine. Niels versuchte sofort hochzuklettern. Doch schon nach ein paar Zentimetern rutschte er wieder ab.

„Verdammt", sagte Niels. „Ich schaffe es nicht."

„Lass mich mal", sagte der Pirat, auch er scheiterte nach ein paar Zentimetern.

„Ich habe eine Idee!", rief Niels und holte eine kleine, runde Scheibe aus seiner Hosentasche.

„Was ist das?", fragte der Pirat. An dieser Scheibe – eigentlich waren es zwei, die aneinandergeklebt waren – hing eine Schnur.

„Das ist ein Jojo. Man nennt mich auch Jojo."

„Jojo", sagte der Pirat und betrachtete dieses komische Etwas. Niels zeigte ihm, wie man ein Jojo benutzte. Dazu wickelte er die Schnur in den Zwischenraum der beiden Scheiben. Am Ende der Schnur war eine Schlaufe. Diese hielt er zwischen Daumen und Zeigefinger. Durch eine Bewegung schnellte das Jojo nach unten und rollte sich an dem Band wieder nach oben auf. Der Pirat staunte nicht schlecht.

„So, ich werde es in das Glas werfen."

„Oh, kannst du zielen?"

„Natürlich kann ich zielen."

Doch Niels verfehlte, wie erwartet, das Ziel. Das Jojo landete überall, nur nicht im Glas.

„Was hast du überhaupt vor?", fragte der Pirat.

„Ich will es in das Glas werfen und dann ziehen wir uns daran hoch. Dann kann Lilli den Goldfisch ausspucken."

„Ob das eine gute Idee ist?

„Wenn wir uns daran hochziehen, kann es umkippen. Hast du das schon mal überlegt?"

„Das ist sehr hoch, das ist doch viel größer als wir. Schaut mal, wie klein wir sind im Verhältnis zu all den Dingen, die hier herumstehen“, erklärte Niels dem Piraten.

„Das stimmt, also dort, wo ich herkomme, zähle ich zu den Größten“, erzählte Pirat Fe stolz.

„Ich habe normale Maus-Maße; aber jetzt bin ich plötzlich noch viel kleiner“, meinte Tippi.

„Der Tisch ist größer als ich und das ist normalerweise umgekehrt. Das spricht alles dafür, dass dies nicht unsere gewohnte Umgebung ist. Vielleicht sind wir im Land der Giganten“, folgerte Fe.

„Ja“, sagte Niels, „wie in Gullivers Reisen.“

„Hmm, wer oder was auch immer das sein soll.“ Der Pirat kratzte sich am Kopf. „Gib mir mal das Jojo.“ Der Pirat nahm sein Ziel ins Visier und warf das Jojo gekonnt in das Glas. Etwas

Wasser schwappte über und tropfte den dreien wie ein Regenschauer auf die Haare.

Lilli wollte schreien, doch im letzten Moment wurde ihr bewusst, dass sich in ihrem Mund ein kleiner Fisch befand. So unterdrückte sie den Schrei. Die kleine Maus schaute die drei an. „Warum lasst ihr mich nicht hinaufklettern?“

„Wieso, du hast den Fisch doch nicht. Lilli muss hoch“, erklärte Niels.

Aber Tippi ließ sich nicht beirren. „Lilli schau, ich werde vorgehen. Du musst mir einfach folgen.“

Schon sprang Tippi mit einem Satz an die Kordel und kletterte gekonnt nach oben. Als er oben angekommen war, ließ er sich auf die Tischplatte fallen, denn Tippi wollte auf keinen Fall in das nasse Etwas fallen. Er schaute nach unten.

„Hier bin ich“, rief er und Lilli, Pirat Fe und Niels schauten nach oben.

„Jetzt du, Lilli!“, rief Tippi nach unten.

Lilli zögerte etwas, doch dann fasste sie sich ein Herz und kletterte langsam an der Schnur hinauf. Tippi, der mit Erschrecken feststellte, dass das Glas zu wackeln begann, nahm beherzt ein Stück Kordel in den Mund, um so den Zug vom Glas wegzunehmen. Und tatsächlich, das funktionierte, auch wenn er seine ganze Kraft aufwenden musste.

Lilli kletterte zielstrebig nach oben. Als sie an der Tischkante angekommen war, sprang sie hinauf.

„Jetzt noch das letzte Stück. Lilli, du schaffst das!“, sagte Tippi aufmunternd und Lilli nahm die Kordel wieder in die Hand und kletterte weiter. Das Glas begann zu wanken. Tippi stemmte sich dagegen.

„Weiter Lilli, weiter.

Ein Klatschen verriet ihm, dass Lilli in das Glas gefallen war. Und dann sah er sie. Sie wirkte größer als vorher und ihre Augen glupschten ihm entgegen. Sie öffnete den Mund und heraus kam ein kleiner Fisch. Lilli schwamm wieder an die Oberfläche und schnappte nach Luft.

„Wie komme ich jetzt hier wieder heraus?"

„Ähm, tja, du musst springen."

„Springen? Aus dem Wasser? Ich bin doch kein Fisch", rief Lilli ganz erschöpft.

Der kleine Fisch schwamm fröhlich um sie herum. Lilli stieg auf das Jojo. Dies gab etwas nach und trieb nach unten. Als Tippi das merkte, zog er an der Schnur.

„Mach das nochmal!"

Und Lilli stieg wieder auf das Jojo. Tippi zog ganz fest daran und Lilli landete mit einem Sprung neben ihm auf der Tischplatte. Sie rieb sich ihre Ellenbogen.

„Hast du dir weh getan?", fragte Tippi.

„Ist schon gut. Wie kommen wir jetzt wieder hinunter?"

„Ich würde sagen: mit dem Jojo. Aber wo befestigen wir es?" Tippi rannte rund um den Tisch. Doch da sah er etwas. Am Rand des Tisches war ein kleiner Nagel.

„Hier", rief er, „schaut!"

Er hängte die Öse an den Nagel und ließ das Jojo nach unten fallen. Sofort waren Niels und Fe bereit. Mit vereinter Kraft zogen sie daran und spannten somit das Seil.

„Ihr könnt herunterkommen", riefen sie.

„Möchtest du, dass ich vorgehe?“, fragte Tippi Prinzessin Lilli.

Sie nickte. „Ja, bitte.“

Tippi kletterte nach unten. Lilli warf noch einen Blick auf den kleinen Goldfisch, streichelte zärtlich über das Glas, sagte „Tschüss, mein Lieber.“

Der Fisch sprang noch einmal nach oben und sie vernahm ein leises „Tschüss“. Beruhigt ging Lilli zur Kordel und kletterte nach unten.

Kapitel 8
FACHHANDEL
FÜR
BETRIEBS-
HANDBÜCHER

Merkwürdige Vorkommnisse

Während Prinzessin Lilli in der Geheimen Bibliothek wieder auf sicherem Boden ankam, schlug mitten in Berlin die achtjährige Lena das Buch auf, das ihre Mutter ihr heute in Sandras Buchhandlung gekauft hatte. Es handelte von eben jener Prinzessin.

Lenas kleine Finger kribbelten, sie freute sich, dass sie schon alleine lesen konnte. Manchmal benötigte sie zwar noch die Hilfe ihrer Mutter, doch sie machte große Fortschritte beim Lesen. Heute ging sie extra früher ins Bett als sonst. So saß sie da, mit dem aufgeklappten Buch auf ihrem Schoß. ‚Prinzessin Lilli nimmt Reißaus' war der Titel. Und er versprach eine tolle Geschichte. Lena war gespannt, was sie erwarten würde. Sie verschlang die ersten Seiten des Buches.

Als ihre Mutter den Kopf in die Tür steckte, um Lena einen Gutenachtkuss zu geben, rief sie erstaunt: „Oh, ich sehe, du hast schon mit dem Buch angefangen!"

„Ja, und ich habe mir die Zähne geputzt", erklärte Lena und schenkte ihrer Mutter ein strahlendes Lachen, bei dem sie ihre weißen Zähne entblößte.

„Wie vorbildlich. Gefällt dir das Buch?", fragte die Mutter und setzte sich vorsichtig auf die Bettkante.

„Es ist wunderschön." Lena begann ihrer Mutter vorzulesen, bis sie sah, dass die hinteren Seiten alle leer waren. „Mami, siehst du das, die Geschichte ist verschwunden!"

Die Mutter nahm das Buch in die Hand, blätterte es durch und tatsächlich: Es folgten nur noch leere Seiten.

„Hm, das muss ein Fehldruck sein. Morgen früh gehen wir zu Sandra in die Buchhandlung. Sie wird es bestimmt umtauschen."

„Wie schade", seufzte Lena „die Geschichte fing so gut an."

„Sei nicht traurig. Möchtest du das Buch über den Piraten lesen?"

„Ja, gut." Lena war enttäuscht, sie hatte sich sehr auf die Geschichte der Prinzessin gefreut. Aber es blieb ihr in dem Fall keine andere Wahl. Die Mutter schlug das Buch über die Piraten auf.

„Die Suche nach dem Schatz", las sie. Und während sie begann, die Geschichte vom Piraten Fe und dessen Kumpanen zu lesen, fiel Lena in einen tiefen Schlaf. Die Mutter wollte das Buch in das Wandregal zurückstellen, als sie bemerkte, dass auch in diesem Kinderbuch leere Seiten waren. Sie legte die beiden Bücher zur Seite und nahm sich fest vor, diese am kommenden Tag umzutauschen.

Als der nächste Morgen anbrach, war Sandra aufgeregt. Sie ging frohen Mutes in ihre Buchhandlung. Dort hatte sich bereits eine Schlange gebildet. Die Menschen warteten offensichtlich darauf, neue Bücher zu kaufen. Sandra war fröhlich und hoffte, dass dieser Tag genauso erfolgreich sein würde wie der Tag zuvor. Als sie die Buchhandlung öffnete, strömten bereits die ersten Mütter mit Büchern in der Hand auf Sandra zu. Nichts ahnend, freundlich und um das Wohl des Kunden bemüht, fragte Sandra: „Wie kann ich Ihnen helfen?"

„Meine Tochter Lena begann dieses Buch zu lesen, aber wir stellten fest, dass nur die ersten Seiten bedruckt sind und dann nur noch leere Seiten folgen. In diesem Piratenbuch ist es das Gleiche."

Hinter der Dame in der Schlange riefen die anderen Mütter: „Hier, mein Buch auch!"

„Und meins!"

„Meins auch!"

„Das, … das müssen Fehldrucke sein. Einen Moment bitte", sagte Sandra, ging an das Regal und nahm andere Bücher heraus. Sie schlug sie auf und direkt fiel ihr ins Auge, was auch schon zuvor die Kundinnen bemängelt hatten. Ein paar Seiten waren bedruckt, danach folgten nur noch leere Blätter.

„Keine Aufregung bitte, ich erstatte Ihnen den Kaufpreis." Sandra gab den Kundinnen ihr Geld zurück. „Ich werde mich um eine Ersatzlieferung kümmern. Bitte kommen Sie übermorgen alle wieder."

Die Mütter versprachen wiederzukommen. Sie alle kannten Sandra als zuverlässige Geschäftsfrau und waren sich sicher, dass es sich um Fehldrucke handeln musste, für die die Buchhändlerin nichts konnte. Alle hofften, dass Sandra schnell Ersatz bekommen würde, denn sie wollten ungern ihre Kinder ohne ausreichenden Lesestoff in die Ferien gehen lassen. Während Sandra die Bücher aus den Regalen räumte, um sie zu reklamieren, kam ein junger Mann mit einem Buch in der Hand auf sie zu.

„Ich möchte zahlen!", rief er. Sandra nahm das Buch entgegen – sie kannte es nicht.

„Betriebsanleitung für einen Staubsauger", las sie. „Wo haben Sie das gefunden?", fragte sie den Mann.

„Hier hinten, bei den Betriebsanleitungen. Sehr interessante Literatur."

Sandra kratzte sich an der Stirn. Sie wurde nervös. Sie kannte jeden Winkel ihrer Buchhandlung. Noch nie hatte sie Bücher mit Betriebsanleitungen in ihr gesehen. Verstört ging sie zu dem Regal und tatsächlich: Hier standen zig Bücher mit Betriebsanleitungen. Sandra glaubte zu träumen. Doch die waren so echt, wie die Schweißperlen auf ihrer Stirn.

Das Prozedere wiederholte sich. Wieder kam ein Mann und pfiff glücklich vor sich hin, weil er ein Betriebshandbuch über einen Rasierapparat in der Hand hielt. Freudig ging er zur Kasse und bezahlte das Buch. Sandra wurde sichtlich nervös. Sie packte gerade die Kisten. Der Postbote holte die beschädigten Bücher ab, als sie sich umdrehte und just in den Regalen, die sie gerade ausgeräumt hatte, erneut Bücher standen.

„Hier geht etwas nicht mit rechten Dingen zu", sagte sie sich. Sie nahm ein Buch heraus und las ‚Betriebshandbuch für Rollerskates'. Sandra blätterte darin. Hier waren Abbildungen von jedem einzelnen Rad der Rollschuhe. Es folgte eine exakte, fast wissenschaftliche Erklärung, wie sie zu verschließen waren und in welchem Winkel man mit dem Fuß am besten hineinstieg. Es gab zwei Modelle: herkömmliche mit normalen Schnürsenkeln und solche mit Verschlüssen wie bei Skischuhen.

Sandra stellte das Buch erschrocken zurück. Doch es kamen immer mehr Leute und alle kauften diese Betriebshandbücher. Sandra versuchte, sich zu beruhigen. Sie fragte sich, woher diese Bücher plötzlich kamen und wie sie in ihre Regale gefunden hatten. Sie wusste sicher, dass sie diese Bücher nicht einsortiert hatte. Als Sandra ihren Laden abschloss, fiel ihr Blick auf ihr Schild. Dort stand ‚Fachhandel für Betriebshandbücher' und sie konnte den Geruch der Farbe wahrnehmen.

Da musste ihr jemand einen Streich gespielt haben, dachte sie. Das war die einzig logische Schlussfolgerung. Noch nie in ihrem Leben hatte sie gehört, dass man Betriebshandbücher kaufen konnte. Eigentlich lädt man sie sich im Internet herunter oder sie liegen direkt beim Produktkauf bei.

Gut, überlegte sich Sandra, wie oft hatte sie schon Betriebsanleitungen auf Chinesisch, Russisch und in sonstigen Sprachen vorgefunden. Sie musste immer mühsam suchen, wie sie an die für sie gültige Betriebsanleitung herankam. Vielleicht war diese Idee ausbaufähig. Doch sie schüttelte den Gedanken rasch wieder ab. Denn sie wollte keine Buchhandlung für Betriebshandbücher betreiben. Diese Art von Büchern gehörte einfach nicht in ihr Sortiment.

Nebenan war ein Eisenwarengeschäft. Nicht so ein großer Baumarkt, wie sie heute überall in den Einkaufszentren aus dem Boden sprossen. Nein, ein kleiner Eisenwarenladen. Sie öffnete die Tür.

„Hallo“, rief Herr Krämer.

„Hallo, Herr Krämer, ich brauche eine Leiter.“

„Ja, gerne. Ich leihe Ihnen eine.“

„Das ist nett.“

„Bei Ihnen ist heute viel Betrieb.“

„Ja“, nickte Sandra, aber sie vermied es, Herrn Krämer in die Augen zu schauen. Sie scheute sich, ihm die Wahrheit darüber anzuvertrauen, warum so viel Verkehr in ihrer Buchhandlung war. Denn sie war sich nicht einmal sicher, ob sie sich das Ganze nicht einbildete und wollte nicht als Verrückte dastehen.

„Ich bringe Ihnen die Leiter gleich zurück."

„Lassen Sie sich Zeit, Sandra. Wenn Sie sie mir morgen zurückbringen, bin ich auch glücklich."

Sandra nahm die Leiter in die Hand und wunderte sich, wie leicht sie war.

Als sie damit vor ihrer Buchhandlung stand, stieg sie auf die Leiter. Sie streckte ihren Finger aus und berührte das Schild. Tatsächlich, sie hatte Farbe an der Hand. Jemand hat mir einen Streich gespielt, dachte sie, wahrscheinlich habe ich nicht richtig hingesehen, als irgendwelche Kinder meine Regale mit Betriebshandbüchern befüllt haben. Sandra schüttelte den Kopf. Jetzt war ihr leichter ums Herz, denn sie wusste, dass ihr einfach jemand einen Streich gespielt hatte. Vielleicht sogar eine ihrer Freundinnen, die sie in letzter Zeit vernachlässigt hatte?

Mit diesem Gedanken fühlte sie sich besser und beschloss, die Farbe einfach wegzuwischen. Sie stieg von der Leiter, schloss ihre Buchhandlung wieder auf und suchte sich einen Eimer sowie Putz- und Lösungsmittel für die Farbe.

Für Letzteres musste sie erneut in Herrn Krämers Laden gehen. Sie kaufte das Lösungsmittel und war froh, dass Herr Krämer sie nicht bediente, sondern der junge Lehrling. Zurück in ihrer Buchhandlung, befüllte sie den Eimer, stieg damit auf die Leiter und begann enthusiastisch, die frische Farbe von dem Schild abzuwaschen.

Kapitel 9

Ein Baum für die Elefanten

Anna und Jakob erzählten sich gegenseitig Geschichten. Sie kamen richtig in Fahrt. So entstanden wundervolle Bücher. Als sie fünf Stück zusammen hatten, riefen sie nach der Geheimen Bibliothek. Diese erschien auch prompt. Doch irgendetwas stimmte nicht. Sie klappte immerwährend auf und zu. Auf der gegenüberliegenden Seite sahen sie einen Mann. Er war aus Papier, so wie die beiden selbst auch. Der Mann schaute zu ihnen herüber. Anna bemerkte es als Erste. „Jakob, ich glaube, der Mann ist verletzt."

Jakob riss die Augen auf und in diesem Moment hörten sie ein Heulen. Wie das eines Wolfs, doch es schien von dem Mann auf der anderen Seite der Geheimen Bibliothek zu kommen. Augenblicklich war beiden klar, dass sie dem fremden Mann helfen mussten.

Prinzessin Lilli ging triumphierend auf Fe und Niels zu.

„Der Fisch ist im Wasser. Welch ein Glück!“, rief sie. Doch da hörten sie es: ein Poltern!

„Die Elefanten!“, rief Lilli.

„Wo ist die Maus?“

„Ich bin hier“, antwortete Tippi und lugte aus Niels Haaren hervor.

„Hihi, er hat es sich bei mir gemütlich gemacht“, sagte Niels.

„Oh, das sehe ich.“ Lilli lächelte. „Aber, wenn du die Elefanten nicht in Angst und Schrecken versetzt hast, wer war es dann? Lasst uns nachschauen.“

Gemeinsam näherten sie sich den Elefanten. Diese trampelten alles nieder und machten sich gerade an einem großen Regal zu schaffen. Es drohte, auf die vier zu kippen. Sie schafften es gerade noch, sich unter dem Tisch, auf dem das Glas mit dem Goldfisch stand, zu verstecken. Es fielen mehrere Bücher aus dem Regal und das Goldfischglas begann zu wackeln.

„Mein Gott“, rief Lilli, „ich muss nach oben!“

„Das ist zu gefährlich“, sagte Niels.

„Wenn das Glas kippt …“ Schnell angelte sie sich an der Jojo-Schnur nach oben. Niels folgte ihr, ebenso wie Pirat Fe. Die drei kletterten zügig nach oben, besser gesagt: alle vier. Denn Tippi, die Maus, klammerte sich in Niels‘ Haaren fest. Sie waren noch nicht ganz oben, da schwappte ihnen schon ein Schwall Wasser ins Gesicht.

„Oh, mein Gott …“ Prinzessin Lilli trieb die anderen zur Eile an. Mit einem Sprung war sie oben. Gerade noch rechtzeitig konnte sie den Fall des Goldfischglases aufhalten. „Schnell! Helft mir!“, rief sie aufgeregt.

Die anderen waren zur Stelle und drückten gemeinsam das Glas wieder in seine Position. Erleichtert stellten sie fest, dass der Fisch noch darin schwamm, wenn auch in weitaus weniger Wasser. Fast die Hälfte des Glases hatte sich geleert.

„Lilli, wenn du nicht hochgeklettert wärst“, sagte Niels voller Bewunderung, „dann wäre der Goldfisch wahrscheinlich tot. Du hast ihn gerettet.“

„Ja“, stellte Fe fest. „Und das zum zweiten Mal. Ich ziehe meinen nicht vorhandenen Hut vor Ihnen, Prinzessin.“

Tippi piepste: „Ich auch, sehr gut gemacht! Eine Prinzessin, die für uns Kleine einsteht!“

Lilli errötete. „Das hätten wir alle getan.“

„Nicht alle“, sagte der Pirat. Denn in seinem normalen Leben hätte er bestimmt keinen Fisch gerettet. So viel stand fest. „Schaut mal, von hier oben sehen wir besser, was die Elefanten machen.“ Sie bewegten sich zum Rand des Tisches.

„Sie scheinen das Regal zu zerlegen“, sagte Fe.

„Ich frag mich nur, warum?“, wunderte sich Lilli. Obwohl für sie momentan von den Elefanten keine Gefahr auszugehen schien, machten die vier es sich dort oben gemütlich und beobachteten das Treiben der grauen Riesen. Die Elefanten leisteten ganze Arbeit. Sie waren ein eingespieltes Team. Der größte von allen brach das Regal auseinander, der mittlere trampelte darauf herum und der kleinste

Elefant zerfetzte die Bücher.

„Was tun die da unten?“, fragte Niels und nahm seine Lupe vors Gesicht – als ob er damit besser sehen könnte.

Lilli schüttelte den Kopf: „Niels, die Lupe benötigst du nur, wenn du etwas vor dir hast wie zum Beispiel eine Landkarte. Mit deiner Lupe kannst du es vergrößert sehen. Die Elefanten sind weit entfernt. Mit deiner Lupe erkennst du gar nichts.“

Niels sah seine Lupe prüfend an und sagte: „Stimmt, du hast recht. Woher hast du das gewusst?“

Lilli zuckte mit den Achseln. „Weiß ich nicht. Weil es so ist.“

„Du brauchst ein Fernrohr. Das ist ähnlich wie eine Lupe, nur umgekehrt“, bemerkte Fe.

„Wie umgekehrt?“ Niels drehte seine Lupe um. „Habe ich jetzt ein Fernrohr?“

„Nein, normalerweise habe ich eins auf meinem Schiff. Damit könnte ich es dir erklären. Aber mein Schiff ist nicht in Sicht.“

„Du hast ein Schiff?“, fragte Lilli.

„Ja, ein sehr großes“, gab Pirat Fe an. „Sogar einen Viermaster – und der ist schwarz und trägt die Flagge der Piraten.“

Lilli lächelte nervös. „Das heißt, ihr raubt andere aus?“

„Nein, wir würden niemals eine unschuldige Person ausrauben, glaub mir Prinzessin! Wir rauben die Reichen aus“, versicherte Fe.

„Ah“, sagte die Prinzessin und verschränkte die Arme vor ihrer Brust.

„Ähm, ich meine natürlich die Geldsäcke. Die, die den Armen das Geld wegnehmen.“

„Verstehe. Und du verteilst es wieder unter die Armen?“

„Nun ja –“, sagte Pirat Fe, „wir Piraten sind ein armes Völkchen und natürlich verteile ich es unter meinen Kameraden. Das meiste behalte selbstverständlich ich“, fügte er noch an. „Oh, jetzt habe ich schon wieder was Falsches gesagt.“ Er schüttelte den Kopf.

Prinzessin Lilli drehte ihm leicht den Rücken zu und kraulte Tippi hinter den Ohren, der immer noch in Niels‘ Haaren saß.

„Was sagst du dazu, kleiner Tippi?“

„Oh“, sagte dieser, hob die Nasenspitze an und entblößte seine zwei kleinen Mäusezähne. „Zorro und ich, wir waren auch schon mit Piraten unterwegs, um nach Amerika zu kommen. Da gab es immer viel zu essen und gesungen haben die – aber wenn sie die Kanonen abgefeuert haben, da musste ich mir die Ohren zuhalten. Das war ein fürchterlicher Lärm. Zorro hat sich oft in die Küche geschlichen und für uns beide Essen geholt. Also die Piraten, die wissen, wie man feiert."

„Aha", sagte Prinzessin Lilli und eine Weile sprach keiner etwas, denn sie schauten weiter dem Treiben der Elefanten zu. Das Regal war jetzt vollkommen in seine Einzelteile zerlegt. Die meisten Bücher lagen in Fetzen auf dem Boden, aber es entstand auch etwas Neues. Mit Faszination beobachteten die vier, was sich da unten tat. Und langsam nahm aus dem Chaos, das die Elefanten verursacht hatten, etwas Form an.

„Die bauen sich einen Baum", rief Niels.

Und tatsächlich, den Stamm schufen sie aus den Regalbrettern. Diese hatten die Elefanten mit ihren schweren Füßen zertreten und wieder neu geformt.

Da stand er nun: ein Baumstamm. Es fehlten nur noch die Äste und die Blätter. Und das erledigten die zwei kleineren Elefanten. Sie formten Äste und aus den Buchseiten entstanden Blätter.

„Deswegen hat der Elefant das Buch zerschnipselt", rief Lilli. „Daraus machen sie die Blätter für die Äste."

Aber plötzlich bewegten sich die Bücher. Sie schienen das nicht so einfach hinzunehmen. Aus ihnen sprangen Dinge. Nicht irgendwelche Dinge. Eine kleine Armee von Geräten.

Kapitel 10

Die Geräte standen dort – aufgestellt wie auf einem Schachbrett. Als ob sie in den Krieg ziehen würden.

Prinzessin Lilli rief laut: „Was ist das? Was haben die vor?“

Pirat Fe kratzte sich am Kopf. „Es sieht so aus, als ob die mit uns kämpfen wollen.“

„Oh je“, erwiderte Niels „da habe ich sehr große Angst. Ich möchte nicht kämpfen.“

„Ich auch nicht“, sagte Lilli, und Tippi, die Maus, fiepte schrill: „Piep, piep, piep, ich will auch nicht kämpfen. Ich will zu meinem Kater Zorro und um die Welt reisen.“

Die Elefanten tröteten laut. Eine kleine Zahnbürste stellte sich ihnen brummend in den Weg. „Ihr habt uns zerstört! Wir werden kämpfen!“

„Jo! Jo! Jo!“, riefen die anderen Maschinen. Die vier hörten, wie ein Staubsauger und ein Fernseher sich einschalteten, eine Waschmaschine schleuderte und ein Föhn blies.

Plötzlich ertönte laute Musik. Es klang wie: „Tateratata, tateratata, tateratatataa!“

„Oh je“, sagte Niels, „das klingt nach dem ‚Walkürenritt‘ von Richard Wagner, das ist sehr unheilvoll.“

„Ja“, sprach Prinzessin Lilli, „das kommt dahinten aus diesem CD-Player.“

„Die erklären den Elefanten den Krieg. Wir müssen helfen! Lasst uns nach unten gehen.“

Und schon schwang sich Pirat Fe an die herunterhängende Jojo-Schnur.

Niels folgte ihm. Schweren Herzens kletterte auch Prinzessin Lilli herunter. Als sie unten ankamen, versteckten sie sich zunächst hinter den Elefanten. Tippi, die Maus, krallte sich in Niels' Haaren fest.

„Au", sagte Niels, „du tust mir weh! Ich verstehe wirklich nicht, wie ihr euch unter Hüten verstecken konntet. Du bist wie ein Elefant im Porzellanladen."

„Vorsicht", sagte ein Elefant und drehte sich um, „wir lassen uns nicht gerne beleidigen."

„Aber einen Krieg anzetteln, das könnt ihr!", rief Lilli.

„Was sollen wir jetzt nur tun?", fragte Niels.

„Na was wohl? Wir trampeln sie nieder!", sagte einer der Elefanten und ging auf die Zahnbürste zu.

Die Zahnbürste ließ sich davon nicht

beeindrucken. Sie schlängelte sich gekonnt zwischen den Beinen des Elefanten durch und verletzte ihn an seinem Hinterbein. Erschrocken trat der Elefant mit diesem aus, traf aber den dahinterstehenden Elefanten an seinem Stoßzahn. Dieser wiederum plumpste auf seinen Po und begrub die brummende Zahnbürste unter sich. Dem Elefanten, der getreten hatte, schmerzte das Bein jetzt noch mehr. Denn nicht nur, dass die Zahnbürste ihm Schmerzen zugefügt hatte, nein, jetzt hatte er auch noch von dem Stoßzahn seines Bruders einen Riss im Fuß. Schmerzerfüllt schaute er nach hinten. Dort saß sein Bruder und jammerte.

„Komm, ich helfe dir hoch“, sagte er und bot dem Bruder den Rüssel an. Dieser nahm ihn und ließ sich hochziehen. Die Zahnbürste, die jetzt frei war, stand auf und begann erneut zu brummen. Sie tänzelte um die Elefanten herum. Als die Zahnbürste sich auf die Dreiergruppe zubewegte, die aus Pirat Fe, Prinzessin Lilli und Detektiv Niels bestand, zückte Pirat Fe kurzerhand sein Schwert und schlug die Zahnbürste entzwei. Sie brummte noch einmal kurz. Das war es.

„Gewonnen!“, rief Prinzessin Lilli, als ob sie diesen Schlag vollführt hätte. „Zähneputzen gefiel mir noch nie.“

„Mir auch nicht“, sagte Niels und auch Pirat Fe lächelte. Seine zahlreichen Zahnlücken verrieten, dass auch er keine Zahnbürsten mochte.

Die Freude über den Sieg währte nur kurz. Denn an der Front tummelten sich zwei weitere Geräte. Es handelte sich um einen Föhn und, wie Lilli feststellen musste, einen Lockenstab. Der

Föhn blies heiße Luft. Er ging den Elefanten entgegen und föhnte sie. Die Elefanten waren sichtlich verwirrt und heulten laut. Er blies heiße Luft in das Gesicht des vorderen Elefanten. Die wenigen Haare, die dieser hatte, flogen ihm dadurch immer wieder ins rechte Auge. Der Elefant begann rückwärts zu gehen und die ganze Elefantenherde trat ebenso ein paar Schritte nach hinten.

Pirat Fe sagte: „Das ist meine Chance“, und er rannte unter den Elefanten hindurch. „Kommt mit an die Front!“ So lief er nach vorne, Niels und Prinzessin Lilli folgten ihm. Tippi hatte sich versteckt. Er war auf den letzten Elefanten geklettert und hoffte, dass keiner der Dickhäuter ihn entdeckte. Denn diese hatten unglücklicherweise große Angst vor Mäusen.

Pirat Fe war direkt vor dem Föhn. Er griff sich das Kabel und schleuderte den Fön wie ein Lasso durch die Luft.

„Lilli", rief er, „die Waschmaschine – mach die Waschmaschine auf!"

Lilli lief unbehelligt zwischen den Geräten hindurch bis zur Waschmaschine und öffnete die Tür, die aussah wie ein riesiges, furchterregendes Bullauge.

„Danke!", rief Pirat Fe und Lilli hielt den Daumen nach oben. In geduckter Haltung lief sie zurück zu den anderen beiden.

Pirat Fe pfiff fröhlich, während er den Föhn schwang. Nachdem er den genauen Winkel angepeilt hatte, ließ er das Lasso los. Der Föhn verschwand klirrend in der Waschmaschine. Mit noch ausgestrecktem Arm hechtete Fe an die Waschmaschine und verschloss das grässliche Bullauge.

Als er zurückging, sah er, dass der

Lockenstab Niels bedrohte. Niels war schweißgebadet. Er hatte panische Angst vor diesem Lockenstab. Dieser kam immer näher. Er hatte schon sein Hosenbein gestreift, es wurde heiß und besonders gut roch es auch nicht, nach verbrannten Haaren. Niels taumelte rückwärts und stieß mit den Elefanten zusammen, die wiederum ein kräftiges Geheul veranstalteten.

Prinzessin Lilli eilte ihm zur Hilfe und das, was zuvor Pirat Fe getan hatte, versuchte sie jetzt auch. Sie griff nach dem Kabel des Lockenstabs. Doch der war so flink und gelenkig, dass es ihr nicht gelang danach zu greifen. Und als ob der Lockenstab gemerkt hätte, dass Prinzessin Lilli ihn fangen wollte, drehte er sich um und machte eine Pirouette – und noch eine und noch eine. Bald hatte sich das Kabel komplett um den Lockenstab gewickelt.

„Keine Chance“, sagte Lilli und der Geruch nach Verbranntem verstärkte sich. Denn der Lockenstab verbrannte sein eigenes Kabel. Als der Lockenstab dies bemerkte, drehte er sich wieder und gab das Kabel frei. Er schüttelte sich, denn offensichtlich hatte er sich wehgetan.

Pirat Fe war an der Seite von Prinzessin Lilli. Er sagte: „Lilli, die Waschmaschine – wenn ich ‚Jetzt!‘ sage, öffnest du sie. Der Föhn bekommt gleich Gesellschaft!“, sagte er grimmig.

Prinzessin Lilli ging in geduckter Haltung zur Waschmaschine und wartete an der Luke auf Pirat Fes Zeichen. Doch dieser hatte sichtlich Mühe, den Lockenstab einzufangen.

„So ein kleines, freches Ding!“, rief er. „Warte nur, ich werde dich schnappen!“, rief Pirat Fe. Doch der Lockenstab sprang in die Höhe und verpasste dem Piraten Locken. Nicht nur eine, mehrere. Niels musste angesichts der Situation lachen, obwohl ihm eigentlich gar nicht zum Lachen zumute war. Denn sie waren mitten in einem Krieg.

Wagners Walkürenritt dröhnte immer lauter und schien in einer Endlosschleife zu laufen. Den Elefanten schmerzten die Ohren und sie wurden wütend. Sie schnaubten, leichte Rauchwolken entwichen ihren Mündern und schwebten nach oben. Der Lockenstab tanzte fröhlich vor Pirat Fe und sprang dabei in die Luft.

„Das kann ich mir nicht gefallen lassen!“ Pirat Fe schaute sich um und erblickte das wütende Gesicht eines Elefanten, der gerade den Kopf nach unten neigte. Pirat Fe nahm die sich bietende Gelegenheit ohne zu zögern wahr. Er streckte den Arm aus, griff sich einen Stoßzahn des Elefanten, zog sich daran hoch und sprang mit einem Salto in die Luft. Mitten in diesem Sprung grapschte er sich den Lockenstab. Er rief „Jetzt! Lilli!“

Lilli öffnete die Luke der Waschmaschine. Pirat Fe warf den Lockenstab gekonnt hinein. Sofort schloss Prinzessin Lilli die Luke wieder. Sie hörten ein lautes Geklapper in der Maschine. Aber das machte ihnen gar nichts aus.

„Ha! Schon zwei erlegt.“

„Drei“, verbesserte ihn Niels „Du hast die Zahnbürste vergessen.“

„Oh ja, die Zahnbürste – hehe. Na, wer will’s noch mit uns aufnehmen?“ Pirat Fe schaute in die Runde der Maschinen. Außer dem lauten CD-Player antwortete niemand. Doch dann kam ein Rasierer. Er stellte sich vor Pirat Fe und ließ geräuschvoll seine Klingen schwingen. Lilli schaute in die Menge der Maschinen. Sie schienen sich zu unterhalten. Und tatsächlich, es traten noch zwei weitere hervor. Vor ihr postierte sich das elektrische Messer und ein Seitenblick zu Niels verriet ihr, dass ein altes, klappriges Fahrrad sich wie ein Pferd vor Niels aufgebäumt hatte. Sie wurden herausgefordert, zu kämpfen.

Pirat Fe versuchte, sich den Rasierer zu schnappen. „Ha, sowas wie dich könnte ich mal wieder gebrauchen", sagte er laut und lachte. Doch der Rasierer ließ sich nicht so einfach überrumpeln. Er schlug Haken wie ein Hase und Pirat Fe lief vergeblich hinter ihm her. Bald verstellten die Maschinen ihm den Weg.

„Soso, sie beschützen also diesen kleinen Rasierer. Dann schnappe ich ihn mir später." Er drehte sich um und eilte auf Lilli und Niels zu, um ihnen zu helfen. Plötzlich spürte er einen

Schnitt an seinem Knöchel und fasste sich an die schmerzende Stelle. An seiner Hand war Blut! Der Rasierer blickte ihn grinsend an – jedenfalls sah es so aus, als würde er grinsen.

„Dich werde ich kriegen!“, rief Pirat Fe und schwang zur Untermalung seiner Worte sein Schwert. Der Rasierer hüpfte freudig hoch.

„Ha, du willst wohl zweigeteilt werden?“, fragte Pirat Fe. „Das kannst du haben!“ Er ließ sein Schwert niedersausen. Doch er traf – nichts. Denn der Rasierer hatte sich schon lange hinter ihn gestellt. Er war zwischen seinen Beinen durchgeschlüpft.

Pirat Fe drehte sich um und jagte dem Rasierer hinterher. Dabei sah er, dass Prinzessin Lilli von einem elektrischen Messer bedroht wurde. Das Messer versuchte, sie zu verletzen.

„Messer, Rasierer, Messer, Rasierer“,

murmelte er. „Ich muss der Prinzessin helfen!“, entschied er und schlug das Messer mit seinem Schwert zur Seite. Völlig verwundert rappelte sich das Messer geräuschvoll wieder auf. Es hatte nun zwei Feinde zu bekämpfen. Es schwang nach rechts und nach links, um möglichst großen Schaden anzurichten. Während die drei kämpften, schien Niels in einer ausweglosen Situation, denn das alte Fahrrad hatte sich vor ihn gestellt. Ihm blieb keine Rückzugsmöglichkeit, denn genau hinter ihm standen die Elefanten. Der Drahtesel flößte auch den Elefanten höllischen Respekt ein. Das Fahrrad bäumte sich vor Niels auf, der Lenker schlug nach rechts und nach links. Niels wusste gar nicht, wo er zuerst hinschauen sollte. Er griff sich in die Haare.

„Tippi?“, rief er ängstlich. Als ob

Tippi hier helfen könnte. Auch Pirat Fe und Prinzessin Lilli waren mitten in einen Kampf mit einem elektrischen Messer und einem Rasierapparat verwickelt.

„Das muss ein Albtraum sein", sagte er sich. „Habe ich denn nichts, um mich zu verteidigen?" Hoffnungsvoll schielte er zu seinem Jojo. Doch das hing immer noch am Tisch.

Keiner achtete auf Tippi. Und dieser machte sich das zunutze. Er krabbelte an dem Elefanten, auf dem er sich versteckt hielt, nach unten und bahnte sich einen Weg zu dem Fahrrad. Und als dieses einen Moment unaufmerksam war und sich mal wieder vor Niels aufbäumte, der das Fahrrad mit großen erschreckten Augen ansah, versenkte Tippi beide Schneidezähne ins Hinterrad. Verletzt krümmte sich das Fahrrad zusammen und Tippi nahm das zum

Anlass, das Gleiche nochmal beim Vorderrad zu wiederholen. Wenn das Fahrrad hätte schreien können, dann hätte es das jetzt getan. Aber so hörte man nur ein rostiges Quietschen. Das Rad versteckte sich hinter den ganzen Maschinen.

„Hey, Tippi", sagte Niels. Tippi grinste ihn an.

„Das warst du."

Tippi nickte.

„Prima!" Niels duckte sich und sagte: „Komm wieder auf meinen Kopf."

„Aber du hast doch gesagt, ich tue dir weh."

„Nein, schon vergessen. Komm Tippi, wir müssen den anderen beiden helfen."

Zielsicher ging Niels an die Seite von Prinzessin Lilli. Diese versuchte noch immer, gegen das elektrische Messer zu kämpfen. Tippi hatte Angst vor dem Messer. Es sah groß und bedrohlich aus und so versteckte Tippi sich in Niels‘ Haaren und krallte sich noch fester an dessen Kopf. Er hatte Angst herunterzufallen. Und was dieses Messer mit einer kleinen Maus machen würde, wagte er sich gar nicht vorzustellen.

Als Niels zu Pirat Fe schaute, sah er, dass dieser mehrere Schnittwunden im Gesicht hatte. Auch der schöne Schnurbart, der vorher sein Gesicht geziert hatte, fehlte auf einer Seite gänzlich. Ein Rasierapparat hüpfte immer wieder vor ihm auf und ab, bis er es schaffte, den Piraten erneut zu verletzen. Alle Versuche, den Rasierer zu greifen, scheiterten kläglich.

Niels hatte eine Idee. Er stupste einen der drei Elefanten an. Er wählte den, der ihm am nächsten stand. Verdutzt schaute dieser zu ihm herab. Niels gab ihm Zeichen, mit seinem Kopf näher an ihn heranzukommen und flüsterte ihm etwas in seinen riesigen Lauscher. Der Elefant beugte sich nach unten und Niels zog sich an seinem Ohr hoch. Der Elefant streckte seinen Rüssel aus, so dass Niels mühelos darauf laufen konnte. Er gelangte zu seinem Jojo. Mit einem Griff hatte er es wieder in der Hand und schwang es wie ein Lasso. Natürlich passte er dabei auf, dass er dem Elefanten kein Auge ausschlug. Niels hatte ein ganz anderes Objekt im Sinn und das peilte er jetzt an. Das Lasso änderte die Richtung und das Jojo umrundete das elektrische Messer.

Das Messer wand sich nach rechts und nach links, um sich aus dieser Position zu befreien und die Kordel durchzuschneiden. Mit einem Sprung war Niels zur Stelle, packte das nun bewegungslose Messer mit seiner Hand und rannte in Richtung Waschmaschine. Prinzessin Lilli folgte ihm, hechtete vor ihn, riss die Luke auf, und Niels warf das Messer hinein. Er versuchte, das Jojo noch zu befreien, doch er behielt nur ein Stück Kordel in der Hand. Der Rest war dem gefräßigen Messer zum Opfer gefallen. Als Lilli die Luke mit einem lauten Knall schloss, schaute sie ihn traurig an: „Das tut mir leid mit deinem Jojo."

„Da kann man nichts machen", sagte Niels traurig und packte die verbliebene Kordel in seine Tasche.

„Oh", rief er erstaunt, als seine Hand etwas ertastete. Er hielt ein anderes Jojo hoch. „Das hatte ich ganz vergessen, ich habe immer zwei dabei. Falls mal eins kaputtgeht."

„Als ob du es geahnt hättest", rief Prinzessin Lilli freudig.

„Ja!" Niels' Augen strahlten hinter

seiner großen Brille. „Komm, wir müssen dem Piraten helfen."

Zusammen rannten sie zu Pirat Fe, der immer noch mit dem Rasierer kämpfte. Gerade hatte der es geschafft, diesen zu fassen. Als Fe sah, dass Prinzessin Lilli und Niels auf ihn zueilten, musste er wohl den Griff gelockert haben, denn der Rasierer sprang freudig heraus, direkt in sein Gesicht, nein, in seinen Haaransatz. Schwarze Locken dekorierten den Boden.

„Oh mein Gott!", jammerte der Pirat. Prinzessin Lilli sprang hoch und griff nach dem Rasierer. Dieser erahnte ihr Vorhaben und machte ein geschicktes Ausweichmanöver.

Verdutzt schaute sich Lilli um: „Wo ist der denn jetzt?" Und da sah sie ihn auch schon: zwischen den Beinen des Piraten. „Dort! Niels!" Sie zeigte dorthin und Niels warf sich auf den Boden, zog das Jojo heraus und fesselte den Rasierer – wie zuvor das elektrische Messer.

„Ich habe ihn!“, rief er und hielt ihn fest. Der Rasierer pulsierte. Es war, als könnte Niels tatsächlich einen Herzschlag spüren. „Die Waschmaschine!“, rief er. Lilli lief wieder zur Luke. Doch sie öffnete sie erst, nachdem Niels angekommen war. Der warf den Rasierer in die Waschmaschine.

Diesmal hatte er zuvor das Jojo befreit, denn es war schließlich das einzige, das er noch hatte. „Leute“, sagte er, „wir haben es geschafft.“

Der Pirat schaute sich um. „Geschafft, sagst du? Ich glaube nicht.“ Die beiden drehten sich um, und sahen, was der Pirat sah. Rollerskates, die um die verbliebene Armee herum rollten. Die Armee bestand nur noch aus einer Kaffeemaschine, die ab und zu etwas

Dampf abließ, aber nicht weiter gefährlich aussah; einem Staubsauger; einem Dreirad und einem Fernseher, der an- und ausging. Dann war da noch die Waschmaschine, die wütend die Trommel schlagen ließ; ein Wäschetrockner; eine Lichterkette, die unheilvoll wie ein Lasso über der Armee schwang; ein Entsafter, der fürchterliche Geräusche von sich gab und ein Rührgerät, dessen Schneebesen unheilvoll in einer Schüssel hin und her schlug; sowie ein altes Autoradio, dessen beiden Drähte rechts und links, wie Scheren eines gefährlichen Hummers, in beide Richtungen schwangen; ein Strandzelt und ein Dosenöffner, der gruselige Geräusche machte. Und plötzlich hörten sie eine Stimme: „Wollt ihr aufgeben?“, fragte sie.

Wo kam sie nur her? Doch da sahen sie es: Auf einem Rollstuhl stand ein

Diktiergerät. Selbst die Leuchtanzeige schien wie eine Kriegserklärung. Und unüberhörbar war da noch dieser CD-Player mit Wagners Walkürenritt. Mittlerweile – wie auch immer er es geschafft hatte – stand der oben auf dem Tisch neben dem kleinen Aquarium, in welchem der Goldfisch schwamm. Durch die Lautstärke und das Vibrieren des CD-Players übertrugen sich die Wellen auf das Wasser im Aquarium. Der kleine Goldfisch fühlte sich bestimmt, als wäre er in einem von einem Hurrikan geplagten Meer.

„Niels! Lilli!“ sagte Pirat Fe, „Für gefährlich halte ich den Dosenöffner, den Entsafter und das Autoradio. Ich denke, wir sollten uns auf diese drei konzentrieren.“

„Und das Rührgerät?“, fragte Niels schüchtern.

„Ach, das macht nur Krach.“

„Aber wenn Tippi in die Schüssel hineinfällt!?"

„Tippi wird da nicht reinfallen", sagte Pirat Fe und schielte zu Tippi, der noch immer auf Niels Kopf saß.

Tippi schüttelte eifrig den Kopf. „Nein, ich werd da ganz bestimmt nicht reinfallen", sagte er. Alleine die Vorstellung gruselte ihn.

„Gut, dann sind wir uns also einig. Ich würde vorschlagen, ich gehe voraus. Niels, du gehst zu meiner Linken und du Lilli, zu meiner Rechten."

Gemeinsam näherten sie sich dem Dosenöffner. Er war quadratisch und hatte so etwas wie eine Türklinke, einen Hebel, den man nach unten drücken konnte und genau das tat der Dosenöffner. Unter dem Hebel lief ein Zahnrad. Oben an dem Zahnrad war ein gefährlich aussehender, spitzer Zahn befestigt. Klar, dachte Lilli, damit macht man Dosen auf. Man hält sie darunter und drückt diesen Griff nach unten und so frisst sich das Zahnrad in das Metall.

Sie lachte. „Na, du blödes Ding! Denkst wohl, du kannst uns Angst einjagen. Wir sind zufälligerweise nicht aus Metall." Der Dosenöffner erhob sich auf Augenhöhe zu Lilli. Er drückte seinen Griff nach unten. Das Zahnrad drehte sich und der Zahn erschien immer größer und gefährlicher. Lilli dachte Blut zu sehen. Nein, das muss eine optische Täuschung gewesen sein. Doch tatsächlich, Blut! Sie fasste sich an ihre Nase. „Er hat mich gepiekt", sagte sie empört.

Pirat Fe war wütend. Er wollte nach dem Dosenöffner greifen. Doch wie zuvor – der Rasierer entwischte ihm. Höhnisch lachte der Dosenöffner. Zur Untermalung seines schaurigen Lachens betätigte er immer wieder seinen Griff. Niels kam es so vor, als ob das Zahnrad ein hässliches und gefräßiges Maul war. Er hatte Lust, ihm so richtig eine reinzuhauen. Plötzlich schnellte seine Faust nach vorne und versetzte dem Dosenöffner einen Schlag. Dieser torkelte leicht und überschlug sich. Doch er fand schnell die Balance wieder und versteckte sich – ausgerechnet hinter dem Rührgerät.

Niels spürte, wie ihn jemand schubste. Er drehte sich erstaunt um und blickte in das Gesicht eines Elefanten. Es war der gleiche Elefant, der ihm eben noch geholfen hatte. Der Elefant bückte sich. Niels kroch wieder an ihm hoch, doch der Elefant versuchte, ihm etwas zu sagen. Niels verstand das offensichtlich, denn er nickte, lief an dem ausgestreckten Rüssel entlang und schnappte sich die Lichterkette.

Die Lichterkette war sehr verdutzt und versuchte, sich um Niels herum zu winden. Doch was die Lichterkette nicht wusste, war, dass Niels es gewohnt war, mit seinem Jojo zu spielen. Er entwirrte die Lichterkette sofort, zielte auf den Dosenöffner und bekam ihn zu fassen. Das Rührgerät fing den Wurf ab. So verwickelte sich die Lichterkette mit dem Dosenöffner im Rührgerät. Das Rührgerät drehte sich und drehte sich. Plötzlich knallte es laut, Funken schlugen heraus.

„Ha! Drei auf einen Schlag! Das nenne ich mal gekonnt!“, rief Pirat Fe und hob den Daumen in Niels‘ Richtung, der sein Glück kaum fassen konnte. Niels lief auf dem Rüssel des Elefanten zurück und kletterte nach unten zu den beiden anderen.

„Ich hab eine Idee“, rief er aufgeregt. „Als ich vorhin dort oben stand, konnte ich mir einen Überblick verschaffen. Wir müssen uns die Gegenstände zunutze machen!"

„Zunutze machen? Wie meinst du das?", fragte Lilli.

„Ganz einfach", sagte Niels, „kannst du Rollschuhlaufen?"

„Na klar", sagte Lilli.

„Gut, schnapp dir die Rollerskates und du Pirat … Rollstuhl oder Dreirad?"

„Dreirad", sagte der Pirat, dem die Auswahl zwischen den beiden nicht sonderlich gefiel.

„Gut", sagte Niels, „dann ist es also beschlossen. Ich wollte schon immer mal mit einem Rollstuhl fahren."

Pirat Fe war der Mutigste. Er näherte sich dem Dreirad und mit einem Schwung setzte er sich darauf.

„Hahaa, war ja ganz einfach!", rief er. Doch in diesem Moment bäumte sich das Dreirad auf, um seinen Reiter wieder loszuwerden.

„Das denkt wohl, es ist ein Pferd“, rief Pirat Fe, der sich immer noch sicher fühlte. Just im nächsten Augenblick lag er auf dem Rücken. Das Dreirad rollte auf ihn und bäumte sich erneut auf.

„Nicht mit mir“, rief er, griff mit einer Hand das Lenkrad und zog sich vom Boden wieder auf das Dreirad. Prinzessin Lilli stand der Mund offen. Wie elegant er sich bewegte.

„Lilli“, ermahnte Niels sie, „die Rollerskates!“

„Oh ja, die Rollschuhe meinst du, ich hole sie schon.“ Gott sei Dank waren die Rollerskates zusammengebunden, denn sonst wären sie in verschiedene Richtungen davon gerollt und Prinzessin Lilli hätte nicht gewusst, wo sie zuerst hinlaufen sollte, denn jeder Rollschuh wollte in eine andere Richtung.

So spannte sich die Kordel und Prinzessin Lilli musste einfach nur zugreifen.

Als sie das Paar Rollschuhe in der Hand hielt, boxten sich diese gegenseitig von links nach rechts.

„Ihr mögt euch wohl nicht so gerne, hmm?“, fragte Prinzessin Lilli und streichelte über die beiden. Das beruhigte sie offensichtlich. „Ist doch gut“, sagte sie, „ich brauche euch beide. Ihr müsst mir helfen! Würdet ihr das tun?“

Die Rollschuhe nickten. Sie ließen sich auch ganz einfach anziehen.

„So, liebe Rollschuhe“, flüsterte Prinzessin Lilli ihnen zu, „und jetzt helfen wir Niels und Pirat Fe, ja?“ Wie von alleine fuhr sie mit den Rollschuhen an ihren Füßen in Richtung des Piraten, der immer wieder von seinem Dreirad heruntergeworfen wurde.

„Du musst ihm gut zureden“, sagte

Prinzessin Lilli.

„Zureden?"

„Ja! Du musst es fragen, ob es dir hilft."

„Hilfst du mir?", schrie der Pirat das Dreirad an und spürte einen Reifen in seinem Gesicht.

„Nein, doch nicht so." Prinzessin Lilli rollte zum Dreirad. Sie griff an den Lenker und streichelte darüber. „Hallo, ich bin Lilli. Wir wurden uns noch nicht vorgestellt. Weißt du, du bist ganz wichtig. Wir brauchen dich. Du musst uns unbedingt helfen!"

Prinzessin Lilli spürte, wie der Lenker des Dreirads sich an ihre Hand schmiegte und die Klingel sich auf und ab bewegte. Lilli strich über die Klingel. Das Dreirad rollte neben den Piraten und ließ ihn aufsitzen.

Verdutzt schaute der Pirat Lilli an. „Wow, das hat ja wunderbar geklappt."

„Ja, das müssen wir unbedingt Niels erzählen.“

Gemeinsam fuhren sie zu Niels herüber. Der versuchte verzweifelt immer wieder auf dem Rollstuhl zu sitzen. Doch kaum hatte er Platz genommen, schubste der Rollstuhl ihn schon wieder herunter.

„Aua, mir tun alle Knochen weh“, rief Niels, der sich gerade die Hüfte rieb.

„Hmm“, sagte Lilli, „du musst ihn bitten.“

„Wie? Bitten?“, fragte Niels.

„Bitte ihn nett darum, ihn benutzen zu dürfen. Sag ihm, dass er wichtig ist und uns helfen kann.“

„Ähm, das ist ein Rollstuhl!?“

„Aber er hat Gefühle“, sagte Lilli.

„Oh ja“, nickte Pirat Fe. „Das stimmt. Du musst mit ihm reden.“

Niels schaute von einem zum anderen. Seine riesengroßen Augen blickten ungläubig. Doch als er bemerkte, dass weder Pirat Fes Dreirad noch die Rollschuhe von Prinzessin Lilli sich in irgendeiner Weise störrisch benahmen, dachte er, dass die beiden wohl recht haben könnten. Er drehte sich zum Rollstuhl und blickte ihn fest an.

„Streichle ihn“, flüsterte Prinzessin Lilli.

Streicheln, dachte Niels, einen Rollstuhl streicheln?

„Na gut“, sagte er, „dann werde ich das mal versuchen.“

Kapitel 11
BIBLIOTH

Konflikte im Nichts

Anna und Jakob liefen quer durch das Nichts zu dem weinenden Mann. Er krümmte sich vor Schmerzen. Und ohne dass sie sich Zeit genommen hätten einander vorzustellen, sprach Anna beruhigend auf den Fremden ein: „Ganz ruhig, durchatmen. Setzen Sie sich."

Der Mann sank erschöpft auf den eigentlich nicht vorhandenen Boden. Er war – wie Anna und Jakob – ein Origami und das, was zuvor sein rechter Zeigefinger gewesen war, hing schlaff hinunter.

„Sie haben sich verletzt", sprach Anna das Offensichtliche aus.

„Jaahhhaaa", heulte der Mann. „Ich kann nicht mehr schreiben und ich muss doch meine Bücher in die Bibliothek bringen“, jammerte er.

Jakob kniete sich neben ihn. „Darf ich Ihre Hand sehen?“, fragte er den Fremden.

Dieser reichte ihm seinen Arm. „Jaahaa, hier.“

Jakob schaute Anna fragend an. „Wir brauchen ein Pflaster.“

„Stimmt“, sagte Anna. „Ein Pflaster!“, rief sie laut.

Wie auf Kommando segelte eines herab. Anna grinste und Jakob nickte anerkennend.

„So, jetzt halten Sie bitte Ihre Hand ruhig“, sagte Anna und nahm das Pflaster aus der Verpackung. „Ganz ruhig, bitte“, wiederholte sie noch einmal.

Der Mann schluchzte vor sich hin. Vorsichtig befestigte Anna das Pflaster um den Papierzeigefinger.

„Besser als nichts“, sagte sie und

schaute fragend zu Jakob.

„Stimmt, besser als nichts."

Der Mann betrachtete verwundert seine Hand, streckte den Arm aus und hielt ihn in die Luft. „Wie habt ihr das gemacht?", fragte er und schaute Anna an.

„Ich habe Ihnen ein Pflaster um den Finger gebunden."

„Das sehe ich, aber woher kommt das Pflaster? Hier ist nichts weiter als weiße Blätter, Stifte, ihr beiden und die Bibliothek."

Sie schauten zur Bibliothek.

„Dort geht es nicht mit rechten Dingen zu", sagte Anna. Sie sahen, wie die Bibliothek auf- und zuklappte. Dort drinnen waren Lichter und es drangen eigenartige Geräusche bis zu ihnen. Anna legte die Hand an ihre Ohrmuschel und lauschte angestrengt in Richtung der Bibliothek. „Da ist doch etwas." Sie lief näher zur Geheimen Bibliothek.

„Ich kann es auch hören", sagte Jakob.

Der Fremde, der plötzlich hinter den beiden stand, sagte: „Das ist der ‚Walkürenritt' von Richard Wagner."

„Oh", sagten die beiden wie aus einem Munde.

„Ich habe nicht bemerkt, dass dort Musik ist", sagte Anna.

„Ich ebenfalls nicht", bestätigte Jakob.

„Wir sind nicht alleine", sagte der Fremde, „und überhaupt, was macht ihr beiden hier?" Seine zuvor hilflose Art war plötzlich wie weggeblasen. Anna und Jakob kamen sich ganz klein neben ihm vor und irgendwie hatte Jakob auch Angst vor ihm.

„Also sprecht! Was tut ihr beiden hier?"

„Ähm.“ Anna fand zuerst ihre Sprache wieder: „Wir schreiben Bücher.“

„Soso, Bücher? Welche Bücher wollt ihr denn schon schreiben? Ihr seid ja noch Kinder!“

„Genau“, mischte sich Jakob ein. „Kinderbücher, Abenteuer, Piratengeschichten.“

„Abenteuer, Piratengeschichten“, wiederholte der Fremde verächtlich. „Das habe ich mir gedacht. Piratengeschichten – vielleicht auch noch Prinzessinnengeschichten?“

„Woher wissen Sie das? Ich habe ein Buch über Prinzessin Lilli geschrieben“, sagte Anna und merkte, wie sie die Hand hob. Schüchtern nahm sie ihren Arm wieder herunter.

„Ihr wart das also. Und wie lange tut ihr das schon?“

„Das ist schwer zu sagen. Da hat sich mittlerweile einiges an Geschichten angesammelt. Wie lange wir hier sind, das kann ich Ihnen nicht beantworten."

„Richtig", sagte Jakob, „das stimmt. Hier im Nichts gibt es keine Zeit."

„Aha, also wart ihr nicht immer hier?", fragte der Fremde.

„Nein, wir sind durch ein Buch hierhergekommen."

„Durch ein Buch? Jetzt wird es interessant. Erzählt!", forderte der Fremde die beiden auf.

„Es war so", begann Jakob, „ich saß mit meiner Mutter vor dem Fernseher. Wir sahen uns eine Dokumentation über die Anfänge des Zweiten Weltkriegs an. Wir behandeln dieses Thema im Geschichtsunterricht. Ich wollte mir viele Notizen machen."

„Er wollte im Unterricht brillieren", fügte Anna hinzu.

Der Fremde nickte. „Weiter", sagte er.

„Nun gut“, setzte Jakob an. „Dann kam eine Szene über die Bücherverbrennung …“

„1933“, ergänzte der Fremde, ohne dass ihn jemand gefragt hatte.

„So ist es“, bestätigte Jakob. „Und Sie verstehen sicher, dass ich mir keine Notizen mehr machen konnte.“

„Das verstehe ich. Das kann ich sehr gut nachvollziehen. Mein eigener Vater hat mir davon erzählt, wie er ein Buch den Flammen übergeben musste. Er sagte, es sei schlimmer gewesen als eine Hexenjagd. Aber erzähl weiter Junge, was ist danach passiert?“

„Ich ging ins Bett und war wirklich enttäuscht darüber, dass ich mir kaum Notizen gemacht hatte und überlegte mir, wie es heute wäre, wenn alle Bücher dem Feuer zum Opfer gefallen wären. Ich griff nach meinem Mathebuch. Sie müssen wissen, es war einfach das nächste Buch, das an meinem Bett lag. Ich wollte nicht noch einmal aufstehen, um mir ein anderes Buch auszusuchen. Es war also aus Bequemlichkeit, dass ich ausgerechnet dieses Mathebuch in Händen hielt. Und während ich es durchblätterte und mich fragte, was denn passiert wäre, wenn auch dieses Buch verbrannt worden wäre, da sprach eine Stimme zu mir. Sie fragte mich, ob ich die verlorenen Geschichten zurückbringen wolle. Erschrocken schlug ich das Buch zu."

„Und am nächsten Morgen", fuhr Anna fort, „erzählte er mir davon. Zuerst wollte ich ihm nicht glauben, aber dann beschloss ich, mit ihm nach Hause zu gehen. Während wir das Mittagessen aufwärmten, schauten wir uns das Mathebuch an. Und als ich es aufgeschlagen hatte, fragte es mich auch, ob ich den Kindern nicht die verlorenen Abenteuergeschichten zurückbringen wolle. Ich spürte, wie mich ein warmes Licht umgab und das Buch mich in sein Inneres zog."

„Genau so war es", rief Jakob aufgeregt dazwischen. „Ich hielt sie noch am Knöchel fest und so wurde ich auch eingesogen."

„Dann landeten wir beide hier als Papierfiguren", schloss Anna.

„Origamis", ergänzte Jakob.

„Ja, Oriiiiigamis", sagte auch Anna und das Wort kam ihr schwer über die Lippen. „Hier begannen wir dann, Geschichten zu erzählen und aus unseren Geschichten formten sich Bücher."

„Wir hörten wieder diese Stimme", sagte Jakob. „Die sagte, wir sollen die Bücher in die Geheime Bibliothek bringen, was wir auch immer getan haben."

„Was wir auch gerade tun wollten,

aber da sahen wir Sie. Die Bibliothek scheint irgendwie nicht in Ordnung zu sein“, sagte Anna mit einem Seitenblick auf die sich immer wieder aufklappende Bibliothek.

„Und wie ist Ihre Geschichte?“, fragte Anna neugierig.

„Nun ja“, der Fremde schien zu überlegen, ob er den beiden die Wahrheit sagen sollte. Er entschied sich für eine Version dazwischen.

„Ihr müsst wissen, Kinder, meine Arbeit ist äußerst wichtig. Man könnte sagen, sie ist das Wichtigste. Ich trage mit meiner Arbeit zum Überleben der Menschheit bei.“

„Oh“, sagte Anna, „dann sind sie ein Politiker.“

„Nein.“

„Ein Menschenrechtler!“, rief Jakob.

„Nein, auch nicht.“

„Ein Erfinder! Sie haben ein Mittel

gegen Krebs erfunden?“

„Nein.“

„Sie sind Arzt?“, rief Jakob.

„Nein. Gut Kinder, das bringt nichts. Ich bin Übersetzer.“

Den Kindern klappten, die Kinnladen herunter und das, was nun folgte, ließ die Kinnladen noch ein bisschen weiter nach unten klappen.

„Ich bin Übersetzer für Betriebshandbücher.“

„Betriebshandbücher?“, fragte Anna, die ihre Stimme wiedergefunden hatte.

„Es gibt nichts Wichtigeres.“

Jakob lenkte ein: „Das stimmt.“ Seine Stimme klang zittrig. „Betriebshandbücher sind sehr wichtig. Meine Mutter regt sich oft darüber auf, dass sie in einem schlechten Deutsch geschrieben sind, wenn sie denn überhaupt auf Deutsch abgefasst wurden und dass man nur schlecht verstehen kann, was eigentlich gemeint ist."

„Genau", grinste der Fremde, „und deswegen ist meine Arbeit auch so ungeheuer wichtig."

„Und wie sind Sie hierhergekommen?", fragte Anna zögerlich.

„Mich hat ebenso eine Stimme aus einem Buch gerufen und genauso wie ihr wurde ich hier hineingesogen und da war ich plötzlich hier im …"

„… Nichts", vollendete Anna den Satz.

„Sehr gut, junge Dame. Im Nichts. Und, tja außer Blättern und Stiften hatte ich nichts und so begann ich zu arbeiten."

„Toll, haben Sie denn schon etwas geschrieben oder, ähm, haben Sie sich den Finger bereits zu Beginn verletzt?"

„Nein, junger Mann, ich habe natürlich die Bibliothek ausreichend befüllt mit meinen Werken."

„Oh, dann war das Ihr Regal dahinten. Wir wollten uns Ihre Bücher anschauen, aber konnten nicht dorthin gelangen.“

„Das ist wohl möglich. Ich konnte mir euer Regal genauer ansehen.“

„Unser Regal? Haben Sie die Geschichten gelesen?“, fragte Anna erwartungsvoll.

Herr Müller entschied, dass er den Kindern die Wahrheit sagen sollte.

„Ihr wollt wissen, wie ich mich verletzt habe? Nun gut, ich musste diesen Schund zerstören, den ihr geschrieben habt! Dabei habe ich mich an einer Buchseite verletzt.“

„Sie haben unsere Bücher vernichtet?“, fragte Anna und ihre Unterlippe zitterte.

„Selbstverständlich! Was dachtet ihr denn? Ich bin hier, um der Welt die wahre Literatur zu bringen, um das

Überleben der Menschheit zu sichern."

„Aber das tun Sie doch nicht, indem Sie unsere Bücher zerstören!", rief Anna.

„Doch, genau das war der Plan."

„Welcher Plan?", fragte nun auch Jakob.

„Ich bin hier, um andere Bücher zu vernichten. Die einzige Literatur, die es noch geben wird, werden Betriebshandbücher sein."

„Ach, Sie denken, Sie sind so klug?", fragte Jakob. „Betriebshandbücher sind keine Li-te-ra-tur!"

„Du wagst es …?", rief der Mann und erhob die Faust.

„Sie drohen uns?", fragte Anna ängstlich.

„Ich werde eure Bücher alle zerreißen!", rief der Mann.

Anna war entsetzt über die Worte des Herrn Müller und sagte mit fester

Stimme: „Sie waren kaputt, verletzt. Wir haben Sie geheilt. Ich habe ihnen das Pflaster um den Finger geklebt, um denselben Finger, dessen Hand Sie nun zur Faust geballt haben und gegen uns einsetzen wollen. Wir haben Ihnen vertraut."

Herr Müller war irritiert: „Ich … wisst ihr, Kinder, meine Frau und meine Tochter lesen jeden Tag diesen Schund und ich muss bei meiner Arbeit so viele wichtige Dinge erledigen. Du sagtest doch selbst, Junge, dass deine Mutter froh ist, wenn sie auch mal ein gutes Betriebshandbuch in der Hand hält."

„Aber manche Dinge kann man auch intuitiv bedienen."

„Wie meinst du das?", fauchte Herr Müller.

„Ehrlich gesagt, ich habe noch nie eine Betriebsanleitung gelesen. Man drückt ein paar Knöpfe und dann geht das schon. Bisher habe ich jeden Fernseher, den wir jemals hatten, programmiert. Das war überhaupt kein Problem. Selbst das Autoradio in unserem neuen Auto habe ich zum Laufen gebracht. Meine Mutter wollte schon in die Werkstatt fahren und wieder Geld ausgeben."

„Und ich habe das Handy von meinem Vater programmiert", sagte Anna. „Er kannte sich überhaupt nicht damit aus und jetzt nutzt er es für seine Termine, für seine Kontakte, er sendet E-Mails, er kann Dinge in eine Cloud hochladen, selbst eine Diktier-App hat er, wenn er unterwegs ist und etwas Wichtiges vermerken muss."

„Aha! Ihr haltet euch wohl für sehr klug? Ihr denkt, ihr könntet auf Betriebshandbücher verzichten?"

„Nein, so war das nicht gemeint", sagte Jakob. „Sie sind sicher sinnvoll, aber es ist keine Literatur."

„Oh, wenn du dich da mal nicht irrst, mein Junge", sagte Herr Müller.

„Stell dir vor, du wüsstest nicht, wie man Auto fährt, wie man einen Fotoapparat bedient. Du würdest nicht mal die wichtigsten Funktionen bei deinem Taschenrechner kennen ohne Anleitung."

„Bei dem Taschenrechner könnten Sie sogar recht haben. Ich sage ja nicht, dass Anleitungen vollkommen unwichtig sind", erklärte Jakob noch einmal. „Aber Betriebshandbücher sind nicht zum Überleben der Menschheit notwendig. Zum Überleben der Menschheit benötigen wir Wasser und Nahrung."

„Und Liebe", sagte Anna. „Verständnis, Respekt, Toleranz."

„Aha", sagte Herr Müller, den die Worte nachdenklich stimmten.

Anna fragte ihn: „Warum gefällt es Ihnen nicht, wenn Ihre Frau und Ihre Tochter Bücher lesen?"

„Weil sie dann alles andere um sich herum vergessen. Meine Frau lässt das Essen anbrennen. Jara macht ihre Hausaufgaben nicht. Und an alledem sind nur die Bücher schuld! Und außerdem habe ich das Gefühl, dass meine Frau in einer Traumwelt lebt wegen ihrer Bücher. Sie sehnt sich einen Mann herbei, der sie errettet und liebt."

„Lieben Sie Ihre Frau denn nicht?", fragte Anna.

„Oh doch, natürlich."

„Wann haben Sie Ihrer Frau das letzte Mal gesagt, dass Sie sie lieben?", wollte Jakob wissen.

Vor Herrn Müllers Augen spielten sich Szenen seiner Vergangenheit ab. Wie er seiner Frau Kim einen Heiratsantrag gemacht hatte. Er hatte den

Ring in einem Kuchenstück versteckt und sie hätte ihn fast verschluckt. Der aufregende Moment als ihre Tochter geboren wurde. Wie die beiden sich abgewechselt hatten, als Jara Mumps und hohes Fieber hatte. Er erinnerte sich an so viele schöne Dinge, die sie früher gemeinsam getan hatten. Die Worte des Mädchens stimmten ihn nachdenklich.

„Ähm, das war bevor wir geheiratet haben", sagte Herr Müller und nickte bestätigend mit dem Kopf.

Jakob erwiderte: „Das scheint aber schon lange her zu sein, wenn ihre Tochter liest und Hausaufgaben zu machen hat."

„Da hast du recht, Junge", sagte Herr Müller. „Wie heißt ihr eigentlich?"

„Ich bin Anna."

„Und ich bin Jakob."

„Ich bin Herr Müller, aber nennt

mich bitte Gerd.“

Über ihnen war plötzlich eine dunkle Wolke und aus dieser Wolke ertönte eine Stimme: „Gerd! Lass dich nicht einschüchtern von den Kindern! Vernichte ihre Geschichten und du vernichtest auch sie!“

Doch Herr Müller schenkte der Stimme keine Beachtung mehr, sondern sprach zu den Kindern. „Wir müssen die Bücher in der Bibliothek retten!“

„Beeilen wir uns“, sagte Anna. „Lasst uns einen Weg hinein finden.“

Jakob fragte noch einmal vorsichtig nach: „Gerd, aber unsere Bücher auch, oder?“

„Natürlich! Ich bin froh, euch getroffen zu haben. Ihr habt mir die Augen geöffnet. Erst jetzt wird mir alles klar. Beeilen wir uns, wir müssen die Bücher retten.“

Anna lächelte. „Wir werden alle Bücher retten, denn jedes Buch ist es wert, gelesen zu werden!“

„Das stimmt“, sagte Jakob, „selbst ein Mathebuch hat seine Liebhaber.“

„… und auch die Betriebshandbücher!“, lachte Gerd. Sie gaben sich die papierenen Hände. „So! Und jetzt lasst uns in die Bibliothek gehen!“

Kapitel 12

Frieden

Im Inneren der Bibliothek herrschte reges Treiben. Niels hatte sich gerade mit seinem Rollstuhl angefreundet. Heruntergeworfen wurde er jedenfalls nicht mehr, weil er den Rollstuhl höflich gebeten hatte, ihm zu helfen. Er beobachtete, wie Prinzessin Lilli mit ihren Rollschuhen an den Füßen mit einem Staubsauger kämpfte. Der Staubsauger wollte sich einfach nicht fangen lassen! Immer wieder stellte er sich Lilli in den Weg. Einmal stolperte sie sogar über ihn. Und Pirat Fe? Der war gerade dabei, dem Autoradio den Garaus zu machen, indem er die beiden Kabel miteinander verbinden wollte, als Niels schrie: „Haltet inne! Stopp!"

Lilli und Pirat Fe

schauten ihn verständnislos an.

„Warum?“, fragte Lilli.

„Genau, warum? Ich habe dieses Radio gleich!“, rief Pirat Fe.

„Nein, nicht!“, rief Niels. „Hört auf!“

Lilli ließ den Staubsauger links liegen und rollte zu Niels. Auch Pirat Fe gesellte sich mit seinem Dreirad dazu.

„Was ist los, Niels?“

„Wieso kämpft ihr?“, fragte Niels.

„Weil wir das die ganze Zeit getan haben“, sagte Pirat Fe. Für ihn gehörte kämpfen ohnehin zur Tagesordnung.

„Wir müssen überhaupt nicht kämpfen“, sagte Niels.

„Ach nein?“, erwiderte Pirat Fe.

„Du meinst, es wäre besser, wenn das Messer mich entzweigeschnitten oder der Lockenstab die Prinzessin verbrannt hätte? Oder du am besten gleich in die Rührschüssel plumpsen würdest?“

„Nein, aber ihr habt gar nichts verstanden, oder?“, fragte Niels.

„Was meinst du?“, fragte die Prinzessin.

„Ihr beide habt mir eben erklärt, dass ich den Rollstuhl streicheln und mit ihm reden soll.“

„Ja“, sagte Pirat Fe, „das hat sich als äußerst nützlich erwiesen, oder? Jetzt hast du einen Verbündeten gegen den Rest der Maschinen! Oder geht das nicht in deinen kleinen Schwachkopf?“

„Hey, langsam“, ermahnte Prinzessin Lilli den Piraten empört. „Niels möchte uns etwas erklären“, und an Niels gewandt fuhr sie fort: „und ich glaube zu wissen, was du meinst – und du hast recht“, sagte die Prinzessin und setzte sich beschämt auf den Boden.

„Was soll das jetzt?“, wunderte sich Pirat Fe. „Lasst uns kämpfen! Wir oder die! Es kann nur einer gewinnen!“

„Eben nicht“, sagte Niels.

„Es geht nicht um wir oder die anderen, sondern um uns alle. Wir alle sind wichtig. Schau Lilli, du hast die Rollschuhe gebeten, dir zu helfen. Sie sind an deinen Füßen und sie zerren dich nicht in verschiedene Richtungen. Und du, Fe? Du sitzt auf dem Dreirad, das sich nicht mehr wild aufbäumt. Ich sitze in dem Rollstuhl. Wollten wir eben nicht noch gegen sie kämpfen? Und jetzt? Jetzt benutzen wir sie!“

„Doch nur, um die anderen zu bekämpfen“, bemerkte Pirat Fe.

„Eben nicht! Wenn wir die anderen bitten, lieb zu sein, mit ihnen reden und ihnen Respekt entgegenbringen, wird uns keines etwas tun.“

Wie zur Untermalung seiner Worte ging er auf den zuvor sehr störrischen Staubsauger zu. Er setzte sich zu ihm auf den Boden, berührte die Knöpfe und sprach mit seiner freundlichen Stimme zu dem Staubsauger. „Hallo du“, sagte Niels. „Dürfte ich dich benutzen? Hier liegt furchtbar viel Dreck. Den würde ich gerne aufsaugen. Hilfst du mir dabei?“

Der Staubsauger war offensichtlich so gerührt von Niels Ansprache, dass dieser sich direkt an die Arbeit machte.

Niels blickte sich glücklich um. „Seht ihr?“

Prinzessin Lilli ging gleich zum Fernseher. „Würdest du mir ein nettes Bild zeigen?“, fragte sie ihn. Und auch dieser erfüllte ihren Wunsch. Sie sah eine Prinzessin in einem Schloss. „Wunderschön, fast wie zu Hause.“

Pirat Fe ging zu dem Autoradio, welches er eben noch vernichten wollte. Er nahm die Drähte wieder auseinander und sagte: „Entschuldigung. Du hast so scheußliche Musik gespielt.

Wenn ich dir wehgetan habe, dann tut es mir leid.“

Das Radio brummte nicht mehr, sondern blinkte freundlich. Es ertönte eine wunderbare Melodie.

Niels rief dem CD-Player zu: „Hallo CD-Player, der kleine Fisch neben dir, der muss fürchterlich leiden. Durch deine Wellen muss er denken, er wäre in einen Sturm geraten. Könntest du deine Musik unterbrechen? Würdest du das für uns tun?“

Der CD-Player verstummte tatsächlich. Die drei schauten sich an. Die Elefanten töteten freudig. Selbst Tippi traute sich wieder auf den Boden – aber in sicherem Abstand zu den Elefanten, versteht sich. Ein helles, gleißendes, warmes Licht erfüllte die Bibliothek und alle Türen und Fenster öffneten sich.

Gerd, Anna und Jakob hatten gar keine Probleme mehr, hineinzukommen. Sie traten ein und sahen dieses helle Licht und das Licht sprach zu ihnen:

„Ihr alle habt heute sowohl in der Bibliothek als auch dort draußen, wahre Größe bewiesen. Ihr habt erkannt, dass man im Leben nur weiterkommen kann, wenn man zusammenarbeitet, Respekt und Toleranz ausübt. Und wohin es führen kann, wenn man gegeneinander arbeitet. Ihr hier drinnen habt Großes vollbracht. Nun wisst ihr, dass der richtige Umgang miteinander einen weiterbringt. Und auch ihr drei, die ihr uns die schönen Bücher gebracht habt, jetzt wisst ihr, dass jedes Buch seine Berechtigung hat. So wie jedes Buch hat auch jeder Mensch seinen Platz in dieser Welt.

Nur gemeinsam kann man Dinge bewegen und in Frieden miteinander leben.“

Während die Stimme sprach, sahen die drei, wie sich das Chaos in der Bibliothek in Ordnung verwandelte. Wie Papierschnipsel wieder zu Büchern wurden, kleine Figuren durch die Lüfte schwebten und auch Geräte in Büchern wieder ihren Platz fanden.

Die Stimme sprach weiter: „Sicher wundert ihr euch über all dies, was hier passiert ist. Anna und Jakob, ihr wolltet die Geschichten retten, und Gerd, du wolltest statt Büchern nur noch Betriebshandbücher. Ihr seid über euch hinausgewachsen, Anna und Jakob, nicht nur dass ihr wunderbare Geschichten erzählt habt, ihr habt außerdem eurem Widersacher geholfen. Und Gerd ist einsichtig geworden. Er erkannte, dass alles seinen Platz in der

Welt hat und dass das Wissen in den Büchern bewahrt werden muss. Hier an diesem Ort sind alle Bücher der Welt vereint. Jetzt seid ihr bereit, sie zu erkennen. Das, was ihr heute erlebt habt, wird euch für immer begleiten.

Zwar werdet ihr euch nicht mehr an die Begebenheiten erinnern, aber ihr werdet euer Leben mit Respekt und Toleranz den anderen gegenüber weiterführen. Und das wird euch zu noch besseren Menschen machen."

Mit offenen Mündern standen die drei da. Die Bibliothek war wunderschön. Sie war vom Boden bis zur Decke gefüllt mit Büchern. Die Bücher standen friedlich und ohne Vorurteile nebeneinander. Anna ging an ihnen vorbei. Es gab verschiedene Sprachen, bunte Cover neben einfachen Umschlägen, Mathebücher neben Betriebshandbüchern und die Stimme sprach: „Ja, schaut es euch an, alles hat seinen Platz in der Welt."

Nach diesen Worten verstummte die Stimme. Und während die drei die Schönheit der Bibliothek bewunderten, wurde das Licht dunkler und kleiner und kleiner, bis nur noch ein gelber Punkt zu sehen war. Mit einem ‚Plopp' verschwand auch dieser.

Die Helden aus den Büchern waren wieder in ihren Geschichten und die drei waren wieder in ihrer Welt. So, als ob es nie anders gewesen wäre.

Anna klappte gerade das Mathebuch zu, als die Klingel der Mikrowelle ertönte.

„Unser Essen ist fertig", rief sie.

Gemeinsam mit Jakob ging sie in die Küche. Sie teilten sich das Mittagessen.

„Ich helfe dir dann später bei den

Hausaufgaben“, sagte Anna kauend.

„Ist gut“, sagte Jakob.

Tatsächlich schien weder Anna noch Jakob sich an das Geschehene zu erinnern.

Auch Sandras Buchhandlung mitten in Berlin war wie immer. Sandra verkaufte heute viele Bücher. Sie war glücklich. Es schien, als wollte sich ganz Berlin noch vor den Ferien mit Büchern eindecken. Als sie gerade wieder zwei Bücher verkauft hatte, bemerkte Sandra Farbreste an ihren Händen. Sie fragte sich, wo die wohl herkamen. Doch bevor sie sich darüber Gedanken machen konnte, stand ein groß gewachsener Mann vor ihr. Er hatte ein freundliches Lächeln.

„Hallo“, sagte er, „ich bin Übersetzer für Betriebshandbücher und Sie haben hier eine wunderbare Buchhandlung. Meine Tochter kauft hier oft ein."

„Oh, das ist schön, wie heißt denn ihre Tochter?"

„Jara Müller", sagte er stolz.

„Oh, Jara! Sie hat hier zwei Bücher bestellt, die gerade angekommen sind. Soll ich Ihnen die mitgeben?"

„Gerne, da wird sie sich freuen."

„Einen Moment, ich hole sie", sagte Sandra und kam gleich darauf mit den beiden Büchern zurück.

Herr Müller lächelte sie an.

„Aber deswegen sind Sie nicht gekommen, oder?", fragte Sandra.

„Nein, ich wusste nichts von den Büchern. Aber ich dachte mir, Sie sind eine so moderne und innovative Buchhandlung, Sie haben hier wirklich alles."

„Ja", sagte Sandra, „jedes Buch hat

seinen Platz. Ich habe wirklich alles."

„Fast alles, eine Kleinigkeit fehlt noch", sagte er und hob den Zeigefinger. Sandra fiel ein Kinderpflaster an seinem Finger auf, doch sie sagte nichts.

„Betriebshandbücher!"

„Be-triebs-hand-bücher?", wiederholte Sandra.

„Ich übersetze Betriebshandbücher. Und sind Sie nicht auch schon verzweifelt, weil Sie nicht wussten, wie Ihre neue Kaffeemaschine funktioniert?"

„Bekommt man die Betriebsanleitung nicht immer mit, wenn man ein Produkt kauft?"

„Doch schon, die sind aber manchmal in anderen Sprachen und unmöglich übersetzt."

„Da könnten Sie recht haben", bestätigte Sandra, die gerade an die schlechte Bedienungsanleitung ihres neuen

Kaffeevollautomaten dachte.

„Also, wie wäre es, hätten Sie nicht Platz in Ihrer Buchhandlung für meine Betriebshandbücher?“

„Sie schreiben die am Computer, oder?“

„Ja.“

„Wissen Sie, ich habe eine Idee“, sagte Sandra.

„Wir machen eine Computerecke für Betriebshandbücher. Die Leute geben dort ihr Gerät ein und dann spuckt der Drucker das Handbuch schon gebunden aus.“

„Wow, so etwas funktioniert?“

„Ja, ich habe so einen Drucker. Das geht.“

„Das ist toll.“

„Dies spart erhebliche Druck- und Lagerkosten“, sagte Sandra.

„Klingt gut“, willigte Herr Müller ein. „Also sind wir uns einig?“

„Unbedingt“, sagte Sandra, „das ist eine tolle Idee und es passt zu meinem Motto: Jedes Buch hat seinen Platz.“

Sandra schrieb Herrn Müller ihre E-Mail-Adresse auf. „An diese Mailadresse können Sie mir ein Betriebshandbuch senden und ich schaue, wie wir das verarbeiten können. Wir treffen uns nächste Woche wieder und klären die Details.“

„Abgemacht“, sagte Herr Müller und verließ überglücklich die Buchhandlung.

Als er seine Wohnungstür aufschloss, sah er einen Teppich im Flur. Flauschig und weich. Seine polierten Schuhe sanken darin ein. Jara und seine Frau Kim schauten um die Ecke.

„Überraschung!“, riefen die beiden.

„Die ist euch gelungen“, rief er und schloss sie in die Arme.

„Jara, ich habe dir deine Bücher mitgebracht!"

„Oh, Papa, das ist aber nett. Danke!", sagte sie.

„Den Teppich haben wir verlegt, damit deine Schuhe nicht mehr klappern. Du hast dich doch immer so sehr darüber beschwert."

„Das ist sehr aufmerksam von euch. Wann habe ich euch beiden das letzte Mal gesagt, dass ich euch liebe?"

„Das wissen wir doch", sagte seine Frau und schmiegte sich an ihn.

„Wisst ihr was? Wir fahren in den Urlaub. Die Ferien beginnen. Wann sind wir das letzte Mal weggefahren?"

„Daran kann ich mich kaum noch erinnern", sagte Jara.

„Das muss schon sehr lange her sein", erwiderte auch Kim.

„Was haltet ihr davon? Wir fahren campen."

„Campen ist super!“, rief Jara. „Aber, Papa? Da ist es nicht so sauber, und die Dusche muss man sich auch teilen …“

„Ach, das macht nichts. Ich bin bereit, mich auf ein Abenteuer einzulassen.“

„Cool, ich kümmere mich darum“, sagte Jara.

„Mach das, mein Kind. Ich werde morgen gleich Urlaub einreichen! Ich hatte schon so lange keinen mehr!“

Kim konnte ihr Glück kaum fassen.

An diesem Abend gab es viele glückliche Menschen. Darunter auch die Kinder, die erwartungsvoll die Bücher aus Sandras Buchhandlung aufschlugen, um in wilde Abenteuer einzutauchen, wie zum Beispiel zusammen mit Prinzessin Lilli den König zu retten. Mit dem Piraten Fe auf Schatzsuche zu gehen. Mit dem Detektiv Niels, der sich

Detektiv Jojo nannte, eine verschwundene Perlenkette zu suchen oder mit dem Goldfisch durch die Weltmeere zu schwimmen.

Ach ja, da gab es noch die Geschichte über eine kleine Maus Tippi, welche mit dem großen Kater Zorro den Nil erkundete – ganz zu schweigen von der neuen Version des fliegenden Klassenzimmers und der Wiederauferstehung von Kapitän Hook.

Glücklich war auch die Buchhändlerin Sandra, die sich daran erfreute, nun endlich eine brauchbare Bedienungsanleitung für ihren Kaffeevollautomaten in der Hand zu halten. Mhh, wie der Kaffee duftete.

Herr Müller, Jakob und Anna hatten alle einen wunderbaren Traum. Sie träumten von einer Geheimen Bibliothek, in der es wunderbare Bücher gab. Von einer Welt, in der man den Menschen mit Respekt und Toleranz begegnete und von einem Licht, so warm und schön …

Alle schliefen in dieser besonderen Nacht mit einem Lächeln auf dem Gesicht ein.

Jedes Buch hat

seinen Platz.

Dank

Den größten Dank an euch, liebe Kinder, dass ihr die Geschichte über die Schlacht der Bücher gelesen habt. Ich hoffe, sie hat euch nicht nur Spaß, sondern auch ein bisschen nachdenklich gemacht.

Dank auch an

… meinen Mann, der sich immer so liebevoll um alles kümmert, wenn ich mal wieder dem Schreibwahn verfalle,

… meiner Mutter Wilma, die nie aufhört, an mich zu glauben,

… meinen beiden Töchtern, Ana und Naiara, für die Ideen,

… meinem Neffen Dennis, der mir immer zur Seite steht, wenn's am Computer mal wieder hapert,

… meinen Freunden Bärbel, Peter, Anita, Alfred, Jacqueline und Andy, die immer ein offenes Ohr für mich haben, mir oft bei den alltäglichen Dingen im Leben helfen, und mir mit Rat und Tat zur Seite stehen,

… den lieben Buchbloggern, die sich immer wieder gerne meine Bücher bestellen,

… Bea, die gerne meine Skripte durchliest und mir Tipps gibt,

… Gabi Haiduk, die in einem Turbotempo meine oft genuschelten Texte tippt,

… Stefanie Ziermann, die ein wahres Meisterwerk beim Cover und den Illustrationen erbracht hat und dabei niemals müde wurde,

… Nadia Zaic, die sich trotz ihres Berufs und der Kinder, die Zeit nahm, das Ganze nochmal Korrektur zu lesen,

… Autorin Sabine Hartmann, die ich in einer Lesegruppe meines CanGu Buches kennenlernten durfte. Sie gab mir wertvolle Tipps und mein Buch bekam eine weitere Korrektur. Vielen Dank dafür.

… Petra Fiolka für das neue Lektorat.

Vielen Dank dafür.

Ich hatte diesmal so viele Menschen an meiner Seite, ich danke euch allen. Mit eurer Hilfe habt ihr dazu beigetragen, dass dieses Buch entstanden ist.

Über die Autorin

Wenn man mich als Kind gefragt hätte, was ich einmal werden möchte, wäre eine der vielen Antworten sicher „Schriftstellerin" gewesen. Ich rezensierte Bücher für das Fernsehen und schrieb Kurzgeschichten. Doch es sollte erst einmal anders kommen.

Ich bin in Trier geboren und in einem kleinem Vorort von Mainz aufgewachsen. Nach der Schule verschlug es mich zunächst in das Hotelgewerbe.

Meine Eltern lebten zu dieser Zeit schon einige Jahre in Spanien. Ich vermisste sie fürchterlich und so zog es mich immer wieder zu ihnen in den Süden. Irgendwann brauchten sie mich nicht mehr überreden – ich bin geblieben und lebe mittlerweile schon fast mein halbes Leben hier.

In Spanien habe ich mich in einen neuen Beruf gewagt, in die Welt der Zahlen. Heute bin ich Steuerberaterin und leite mit meinem Ehemann eine kleine Kanzlei. Zu meiner Familie gehören auch zwei zauberhafte Töchter, Hunde und Katzen.

2016 veröffentlichte ich mein erstes Jugendbuch „Sharj und das Wasser des Lebens“, den ersten Band der Sharj Reihe. Seitdem hat mich das Schreiben nicht mehr losgelassen. Es folgten die Kinderbuchserie „CanGu“ und weitere Geschichten in Einzelbänden.

Meine Bücher handeln allesamt von Freundschaft, Respekt und dem richtigen Umgang miteinander. Ich versuche dabei nicht wie eine Oberlehrerin zu wirken, sondern lebendig und witzig zu erzählen, manchmal aber auch traurig und ernst.

Ein Happy End ist in jedem Fall garantiert.

Eure Audrey

Kritik und Anmerkungen:

contact@audreyharings.com

Bislang sind von mir erschienen:

Kinderbücher:

CanGu und die Kuchenkrümel
CanGu auf der Suche nach Saphir
CanGu und die wilden Bienen
CanGu und das Vogeldesaster

Der Katastrophenvogel

Das wundersame Fräulein Gelblich

Ferdinand,
der letzte Weihnachtsdrache

Igor, der Ostermuffel

Aufstand der Pferde

Jugendbücher:

Sharj und das Wasser des Lebens

ISBN-13: 978-3741208614

Sharj und der Feuerkristall

ISBN-13: 978-8494667305

Sharj und das Salz der Erde

ISBN-13: 978-8494667336

Sharj und die Geister des Windes

ISBN-13: 978-8494830334

Die Schlacht der Bücher

ISBN-13: 978-8494667367

Auch als Hörbuch

Liebes Tagebuch:
Hilfe, ich bin schwanger!

ISBN 978 3 9819906 0 7

Das wundersame Fräulein Gelblich

Audrey Harings

Leseprobe:

Fantastische und geheime Welten sind Alltag für Greta Gelblich. Um dahin zu gelangen, muss sie einfach nur ihre Kellertür öffnen! Allerdings ist sie dort nicht alleine: Mit ihrem fischigen Freund Pupsi lässt sie sich auf ein gefährliches Abenteuer ein, in welchem böse Gegner und Gefahren auf die beiden lauern...
Greta muss jedoch nicht nur hier auf der Hut sein. Ausgerechnet sie, als Analphabetin, hat die Stelle an einer Schule bekommen und ihr erster Arbeitstag endet in einer Katastrophe. Ob das gut geht?

Kann Pupsi ihr dabei helfen? Und was spielen die Waisen Lena und Lisa für eine Rolle, wenn es für Greta darum geht, zwischen Fantasie und Realität ihren Weg zum Glück zu finden?

Eine wundersame und aufregende Geschichte über Freundschaft, Familie und Toleranz.

Adebar und ein Baby

Es war eine stürmische Nacht. Die Bäume bogen sich im Wind. Äste peitschten wütend umher. Gelegentlich erhellte ein Blitz die Dunkelheit.

Der Storch Adebar musste sich auf einen langen, beschwerlichen Weg machen. Vor ihm streckte ein kleines Baby seine pummeligen Ärmchen nach ihm aus. Liebevoll umwickelte er das glucksende Mädchen mit einem Leinentuch, damit er es sicher durch die Lüfte tragen konnte. Er brachte die Babys zu den Menschen. Das war seine Bestimmung. Der Storch liebkoste es mit seinem langen Schnabel, ganz vorsichtig, um dem kleinen Mädchen nicht weh zu tun. Traurige Züge umspielten die Augen des Storches und sein Blick verdunkelte sich. Adebar verabscheute es, wenn er das tun musste. Er hasste die Menschen dafür, was sie den Störchen antaten. Warum können sie nicht selbst ihre Kinder zur Welt bringen? Warum müssen wir das für sie erledigen? Was macht die Menschen um so viel besser, dass sie sich nicht um ihren eigenen Nachwuchs kümmern können? Warum müssen wir diese kleinen Wesen abliefern, die wir so liebgewonnen haben und auch noch durch Wind und Wetter zu den Menschen bringen, wo sie niemals, auch nur ansatzweise, von den besonderen Störchen erfahren werden?

Wenn sie geboren werden, wissen sie nichts. Sie sind so rein und vertrauen uns ihr Leben an. Doch wir müssen sie abgeben. Mit diesen trüben Gedanken nahm der Storch das kleine Bündel auf, spreizte seine Flügel und hob elegant in die Lüfte ab, um das kleine Mädchen zu seiner zukünftigen Mutter zu bringen.

Als er an der Zieladresse angekommen war, ruhte er sich noch ein wenig auf dem gegenüberliegenden Schornstein aus. Das tat er immer. Es war so, als ob er hoffte, dass etwas Schreckliches passieren könnte. Irgendetwas, das ihn davon abhalten könnte, das Kind auszuliefern. Doch leider war dies nicht der Fall, eher das Gegenteil. Er beobachtete eine Frau, die reichlich Salz auf der Fensterbank verteilte, eine Kerze daraufstellte und weinte. Adebar konnte ihren Schmerz fühlen – den Schmerz, kein Kind zu haben und alleine zu sein. Das Salz auf der Fensterbank bedeutete, dass sie auf ein Kind wartete, welches von einem Storch gebracht werden würde. Adebar

war gerührt und doch fiel es ihm schwer, sich von dem kleinen, schlafenden Bündel zu trennen. Er flog hinüber und legte das Kind behutsam ab, klopfte an die Scheibe und sah schon den Schatten der zukünftigen Mutter. Schnell flog er davon, denn die Menschen sollten die Störche nicht bei der Arbeit sehen. Mit Tränen in den Augen stieg er hinauf in die Lüfte. Aber nicht, ohne dem Kind zuvor ein Geschenk von sich gegeben zu haben. Jedes Kind, das von einem Storch gebracht wurde, erhielt von diesem eine versteinerte Träne.

Der erste Job

Greta schloss die Tür in ihrem Keller und flüsterte noch ein „bis morgen“, bevor sie zum klingelnden Telefon eilte.

Nach dem Gespräch, legte sie den Hörer wieder auf die Gabel und starrte ungläubig auf das Telefon, als

ob dieses ihre noch ungeklärten Fragen beantworten könnte (was natürlich nicht der Fall war). Dann erhob sie sich von ihrem altmodischen, mit rotem Samt bezogenen Sessel, sprang in die Luft und jauchzte: „Juchu, ich habe den Job! Ich habe ihn, ich habe ihn!“ Wie ein kleines Kind lief sie in ihrem mit Möbeln vollgestopften Wohnzimmer auf und ab. Sie konnte sich kaum beruhigen. Ihre erste Arbeitsstelle. Es war unglaublich, dass ausgerechnet sie den Job bekommen hatte. „Ein Job in einer Schule … ob die mich mögen werden?“, fragte sie sich. Sie kaute an einem Bleistift, der neben dem Telefon lag. „Hoffentlich rufen die nicht noch einmal an und sagen, dass sie sich vertan haben. Das könnte doch passieren“, sagte sie zu sich selbst. Greta Gelblich lebte alleine. Mit 14 Jahren hatte sie damals die Schule verlassen, weil sie sich um ihre kranke Mutter kümmern musste. Einen Vater kannte Greta nicht. Es hatte nie einen gegeben. Als sie noch ein Kind gewesen war, erzählte ihre Mutter ihr die Geschichte, dass der Storch sie gebracht hätte. Doch mit sieben Jahren fand Greta heraus, dass es eine Lüge war. Denn ihre Schulfreunde klärten sie auf. Greta wusste fortan, wo Babys eigentlich herkamen. Immer wieder, wenn Greta ihre Mutter nach ihrem Vater fragte, zuckte die Mutter mit den Schultern: „Ich weiß es nicht, mein Kind. Du warst plötzlich da. Du bist ein Wunder!“

„Aber ich bin schon aus deinem Bauch gekommen?“, erkundigte sich Greta aufs Neue.

Und die Mutter sagte nur: „Du warst einfach da. Hier auf meinem Fensterbrett. Ich sah noch Abdrücke des Storches.“ Irgendwann hat Greta sie nicht mehr danach gefragt. Es war ihr auch nicht mehr wichtig, wo sie herkam und wer ihr Erzeuger war. Das Einzige, was zählte, war, mit ihrer Mutter zusammen zu sein. Als diese noch gesund war, unternahmen sie gemeinsam viele schöne Dinge. Ihre Mutter hat ihr am warmen Kachelofen stets Geschichten vorgelesen und Greta stellte sich vor, wie sie in diesen Geschichten leben würde, als Prinzessin, als Bäuerin, als Küchenmagd oder als Drachenzähmerin.

Doch je mehr die Krankheit an ihrer Mutter zehrte, umso seltener wurden diese Momente. Als Greta 29 Jahre alt war, das war vor zwei Jahren, entschlief ihre Mutter nach einem langen Leidensweg. Jetzt lebte Greta alleine in dem großen Haus. Sie hatte nie richtig lesen oder schreiben gelernt. Selbst als sie noch zur Schule gegangen war, fehl-

te sie durch die Krankheit ihrer Mutter oft (in ihrer kurzen Schullaufbahn blieb sie dreimal sitzen). Auch hatte sie noch nie gearbeitet. Dabei ist es nicht so, dass Greta nicht ordentlich wäre oder keine gute Hausfrau. Sie war sogar eine perfekte Hausfrau. Sie liebte Kuchenbacken. Da sie die Rezepte nicht lesen konnte, kreierte sie ihre eigenen und die gelangen mühelos. Leider konnte sie dies mit niemandem teilen,

denn sie hatte keine Freunde. Natürlich hatte sie versucht, welche zu finden. Vergangenes Jahr, da hatte sie eigentlich vorgehabt, sich in der Volkshochschule einzuschreiben. Doch die Blicke der anderen beschämten sie. Denn Greta war äußerst fettleibig. Sie hatte von den vielen Süßigkeiten sehr schlechte Zähne und deswegen schrecklichen Mundgeruch. Durch ihr Übergewicht neigte sie zu starkem Schwitzen. Außerdem machte sie sich nicht viel aus Äußerlichkeiten. Der Damenbart, der sich wie ein Flaum um ihre Oberlippe rankte, trug auch nicht zur Attraktivität Gretas bei. Einzigartig schön waren ihre Augen. Sie waren verschieden. Eines grün wie ein tiefer See – mit braunen Sprenkeln darin. Das andere war ebenso gesprenkelt, aber von blauer Farbe.

Sie hatte eine Stupsnase, die neugierig und spitz hervorlugte, einen vollen großen Mund und braune, lockige Haare zierten ihren Kopf. Ihre Haare behandelte sie leider sehr nachlässig. Breitere graue Strähnen zogen sich wie Silberfäden hindurch. Greta wusste,

dass sie keine schöne Erscheinung war. Sie hatte bei sich zuhause alle Spiegel abgehängt. Es gab nur noch einen ganz kleinen über dem Waschbecken. Aber der war schon halb blind. Wenn sie einkaufen ging, vermied sie es, in die großen Schaufenster zu schauen, in denen man sich spiegeln konnte. Auch mied sie Menschenmengen. Sie hatte Angst, angepöbelt zu werden. Dies alles wurde ihr plötzlich bewusst. Die einstige Freude wich blankem Entsetzen. Oh Gott, wenn die Kinder mich nicht mögen, was werden sie tun? Greta hatte plötzlich Angst. Es gab nur einen, dem sie sich anvertrauen konnte: Ihrem Freund Pupsi.

Igor

der Ostermuffel

Audrey Harings

Leseprobe:

In der Werkstatt des Osterhasen Eddy geht es turbulent zu. Das Osterfest naht und eigentlich müssten alle Hand in Hand arbeiten, damit die bunten Eier rechtzeitig fertig werden. Ein ehemaliger Eierdieb, der Marder Schlupp, ist mit Eifer bei der Sache, aber der kleine Rabe Igor fliegt eines morgens einfach nicht mehr zur Arbeit.

Er hat anderes im Sinn. Igor wünscht sich einen coolen Job. Seine Cousins helfen bei den Halloween-Vorbereitungen. Das würde ihm gefallen – doch Ostern ist sooo langweilig. Und von Eddy will er sich auch nicht mehr herumschubsen lassen! Aber ohne ihn versinkt die Werkstatt im Chaos.

Ist Ostern noch zu retten?

Die Osterwerkstatt

Glaubt ihr an den Osterhasen?

Ja? Das solltet ihr auch. Es gibt ihn nämlich wirklich – und sogar nicht nur den einen Osterhasen. Auf der ganzen Welt gibt es fleißig arbeitende Hasen, die eure Osternester mit bunt bemalten Eiern füllen und prächtige Osterbäume schmücken.

Osterhase ist ein schwieriger Beruf. Er erfordert viel Geduld – vor allen Dingen aber Können und gute Organisation. All diese Talente besaß Edward.

Edward, meistens

Eddy genannt, war ein Osterhase. Alle Mitglieder seiner Familie sind Osterhasen geworden und auch Edward wollte die Tradition fortführen. Und das tat er voll Freude und Verantwortungsgefühl.

Trotzdem konnte er seine anspruchsvolle Aufgabe nicht alleine erledigen und deshalb arbeitete er in seiner Werkstatt, welche er oft liebevoll als Atelier bezeichnete, mit einigen Helfern zusammen. Zum einen waren da die Hühner, die ihm schon seit Generationen die notwendigen Eier lieferten. Allen voran das Huhn Wilma. Sie sorgte dafür, dass reichlich Eier zusammenkamen, die sie dann an den Osterhasen weitergab.

Igor, ein junger Rabe, pickte mit seinem spitzen Schnabel oben und unten ein kleines Loch in die Eier, die später in den Osterbäumen hängen sollten. Und er flog regelmäßig in den Wald hinaus und sammelte dort von den Bäumen gefallene dürre Zweige.

Mit dem Reisig entfachte Eddy ein Feuer und kochte die rohen Eier in einem mit Wasser gefüllten Topf. Später, wenn sie abgekühlt waren, bemalte er die hartgekochten Eier in schillernden bunten Farben.

Igor war ein Neuling in der Osterwerkstatt. Dies war sein erster Job und Eddy hatte den Eindruck, dass Igor nicht viel Spaß an der Arbeit hatte. Aber er war sich sicher, dass der kleine Rabe bald Gefallen daran finden würde, wenn er nur erst sehen könnte, wie die Kinder sich über die Ostereier freuen. Dann gab es da Schlupp. Schlupp war ein Marder und eigentlich ein echter Eierdieb. Er boykottierte Eddy jahrelang. Immer wieder fand Eddy in seiner Werkstatt leere Schalen von zerbrochenen Eiern. Irgendwann entdeckte er den Räuber – jenen Marder mit gro-

ßen kugelrunden Augen, der ihn angsterfüllt anstarrte.

Eddy ließ Gnade vor Recht ergehen und beschloss auf eine Strafe zu verzichten. Schließlich bin ich ja ein Osterhase, dachte er sich Und dann kam ihm ein toller Gedanke: Der Marder isst doch gerne Eier … na, klar … perfekt!

Die Eier, die Igor aufpickte, mussten anschließend eigentlich ausgeblasen werden, bevor sie verziert zur Dekoration in die Bäume gehängt werden konnten.

Der Osterhase ekelte sich vor dieser Aufgabe und der kleine Marder schien rohe Eier zu lieben. Also stellte Eddy ihn als Helfer für sein Atelier ein, damit er den Inhalt aus den Eiern saugen konnte.

Da der kleine

Kerl keinen Namen hatte und Eddy es leid war, ihn immer nur Marder zu nennen, kam ihm eines Tages noch ein, wie er fand, genialer Einfall.

„Marder! Du heißt ab sofort Schlupp."

„Warum soll ich Schlupp heißen?", fragte der Marder.

„Nun, immer wenn du ein Ei ausschlürfst, macht es am Ende so ein Geräusch, so ein Schlupp." Der Marder grinste und nickte eifrig.

„Ich bin der erste Marder mit einem Namen", sagte er stolz. „Schlupp! Schlupp!"

Es blieb nicht aus, dass Schlupp im Laufe der Zeit immer dicker wurde. Doch für Marder war dies ein Zeichen von Wohlstand. Das bedeutete, es ging Schlupp richtig gut und er musste keinen Hunger leiden.

Schlupps Familie fühlte sich ebenfalls in der Schuld des Osterhasen. Als Eddy Schlupp damals auf frischer Tat ertappte, hätte er ihn auch wegen Diebstahls anzeigen können. Dass er darauf verzichtet hatte, rechneten die Marder dem Osterhasen hoch an. Deswegen erklärten sie sich bereit, die Eier von den Hühnern in die Grube des Osterhasen zu tragen. Das Atelier lag in einer Höhle unter der Erde – eben dort, wo Hasen leben. Der Weg war lang und recht beschwerlich, sodass Wilma und Eddy sich über diese Hilfe sehr freuten.

Und so konnte Eddy seine kostbare Zeit darauf verwenden, die Eier in den schönsten Farben zu bemalen. Er fühlte sich wie ein großer Künstler! Doch das Osterfest rückte immer näher und die Zeit drängte.

Als Eddy an diesem Morgen in sein großzügig angelegtes Atelier trat, wusste er noch nicht, dass eine böse Überraschung auf ihn wartete. Auf dem Boden lagen kaputte Eier, seine Farben waren überall verteilt. Nichts lag an Ort und Stelle. Die Pinsel, die Farbtuben – ein großes Durcheinander.

„Schluuuppp", rief der Hase. Der Marder meldete sich durch ein lautes Rülpsen. Eddy stellte seine Lauscher auf. Der Rülpser kam von links. Und da sah er ihn schon unter einer Werkbank auf dem Rücken liegen und sich den Bauch halten.

„Schlupp, was ist hier los?"

„Ich hatte so einen Hunger", stotterte Schlupp.

„Und deshalb musstest du mein Atelier verwüsten?“

„Aber das ist …, weil … Igor ist nicht gekommen und ich musste dringend etwas essen.“

Der Osterhase kratzte sich am Kopf. „Wieso ist Igor nicht gekommen? Der müsste doch schon lange da sein.“

„Er hat gestern so etwas angedeutet …“

„Was hat er angedeutet?“

„Nun, dass er keine Lust mehr hätte, immer die Eier aufzupicken, dass er keinen Sinn darin erkennen könne.“

„Aber die Rabenfamilie ist uns verpflichtet. Seit über hundert Jahren wird immer der jüngste Rabe bei uns ausgebildet“, rief der Osterhase entrüstet.

„Und wenn die Kinder keine Eier in den Nestern finden, dann werden sie weinen.“

„Ich weiß", rülpste Schlupp. „Aber was soll ich tun? Schau doch, meine Familie hat heute ganz viele Eier angeliefert."

„Oje", seufzte der Osterhase. „Ohne Igor werden wir das nie schaffen. Schlupp, räum du hier erst mal auf! Und ich mache mich auf die Suche nach Igor."

„Geht klar", erwiderte Schlupp, der eigentlich keine Lust dazu hatte. Aber schließlich raffte er sich doch auf.

Ordentlich verstaute er die Farbtuben und Pinsel an ihren angestammten Plätzen. Die verklebten Eierschalen kehrte er zusammen und warf sie in den Mülleimer.

Er hing dabei seinen Gedanken nach und stellte fest, dass er stolz auf seinen Job bei Eddy war.

Denn nur so konnten die Marder ihren Handel mit den Hühnern und Eddy abschließen. Für den Transport der Eier durften sie immer auch einige für sich behalten. So hatte auch seine Familie stets genug zu essen.